Von Gilbert Keith Chesterton sind erschienen:

Pater Brown und die drei Werkzeuge des Todes
Pater Brown und der Fluch des Bösen
Pater Brown und der Hammer Gottes
Pater Brown und der Heilige am Gong
Pater Brown und der Pfeil vom Himmel
Pater Brown und der Spiegel des Richters

Gilbert Keith Chesterton

Pater Brown und der Pfeil vom Himmel

Scherz
Bern – München – Wien

Einzig berechtigte Übertragung aus dem Englischen
von Dora Sophie Kellner, Heinrich Fischer, Alexander Schmitz
und Keto von Waberer sowie mit Genehmigung des Diogenes Verlages.
Diese Taschenbuchausgabe ist eine Auswahl aus den englischen Originalwerken:
»The Incredulity of Father Brown«, »The Innocence of Father Brown«
und »The Scandal of Father Brown«.
Schutzumschlag von Heinz Looser
Foto: Archiv Dr. Karkosch

1. Auflage 1988, ISBN 3-502-51183-7
Copyright © 1988 an dieser Auswahl beim Scherz Verlag Bern und München
Gesamtherstellung: Ebner Ulm

Der Fluch des goldenen Kreuzes

Um einen kleinen Tisch saßen sechs Personen, eine so bunt zusammengewürfelte Gesellschaft, als sei jeder für sich auf derselben einsamen kleinen Insel als Schiffbrüchiger angekommen. Jedenfalls waren sie vom Meer umgeben – denn in gewissem Sinne war ihre Insel von einer zweiten umschlossen, einem großen, fliegenden Eiland gleich Laputa. Der kleine Tisch war einer von vielen im Speisesaal des Riesenschiffes »Moravia«, das durch die Nacht und die ewige Leere des Atlantischen Ozeans dahineilte. Die Gesellschaft hatte nichts miteinander gemein, als daß alle von Amerika nach England reisten. Zwei zumindest konnten für Berühmtheiten gelten; die anderen waren unbekannte, in einem und dem anderen Fall sogar zweifelhafte Persönlichkeiten.
Der erste war der berühmte Professor Smaill, eine Autorität auf dem Gebiet der spätbyzantinischen Archäologie. Seine Vorlesungen, die er an einer amerikanischen Universität hielt, galten selbst in den maßgebenden europäischen Sitzen der Gelehrsamkeit noch als das letzte Wort in seinem Fach. Seine literarischen Arbeiten waren so sehr von reifem und phantasievollem Verständnis für die Vergangenheit Europas durchdrungen, daß Fremde oft erstaunten, wenn sie ihn mit amerikanischem Akzent reden hörten. Und doch war sein Äußeres typisch amerikanisch; er trug sein blondes Haar lang, und die geraden Gesichtszüge spiegelten in sonderbarer Mischung Zerstreutheit und verhaltene Schnelligkeit, wie bei einem Löwen, der schon seinen nächsten Sprung erwägt.

Nur eine einzige Dame befand sich unter den sechsen, freilich stellte sie, wie die Presse oft von ihr sagte, in ihrer Person eine ganze Heerschar dar. Sie wäre mit Freuden darauf eingegangen, an diesem oder an einem anderen Tisch die Gastgeberin, um nicht zu sagen die Kaiserin zu spielen. Es war Lady Diana Wales, die berühmte Reisende in tropischen und anderen Ländern; aber bei Tisch wies ihre Erscheinung keine eckigen oder männlichen Züge auf. Sie war eine fast tropische Schönheit, mit einer Fülle von brennendem, schwerem roten Haar – sie war, wie Modeberichte sagen würden, auffallend gekleidet, aber ihr Gesicht war intelligent und ihre Augen hell und ein wenig vorstehend wie die Augen der Damen, die bei politischen Versammlungen Fragen stellen.
Die anderen vier Gestalten sahen in dieser glänzenden Umgebung zuerst wie Schatten aus; bei näherem Hinsehen ergaben sich aber Unterschiede. Einer war ein junger Mann, der als Paul T. Tarrant in der Schiffsliste eingetragen war. Er war ein amerikanischer Typ, besser gesagt, Gegentyp. Jedes Volk hat vermutlich seinen Gegentyp; eine extreme Ausnahme, die nur die nationale Regel bestätigt. Die Amerikaner achten in Wirklichkeit die Arbeit, wie die Europäer den Krieg achten. Sie ist von einem Heiligenschein von Heldentum umgeben, und wer sich von ihr zurückzieht, ist weniger als ein Mann. Der Gegentyp liegt auf der Hand, obwohl er selten vorkommt. Er ist der Geck, das Gigerl – der reiche Müßiggänger, der in so vielen amerikanischen Romanen den Bösewicht abgibt. Paul Tarrant schien nichts zu tun zu haben, als seine Anzüge zu wechseln, was er täglich sechsmal tat; bald erschien er in helleren, bald in dunkleren Schattierungen von exquisitem Lichtgrau, wie die zarten wechselnden Silbertöne der Dämmerung. Im Gegensatz zu den meisten Amerikanern hatte er sich einen sorgfältig gepflegten, kurzen lokkigen Bart zugelegt; und im Gegensatz zu den meisten Gecken seines eigenen Typs schien er eher trotzig als

protzig. Eigentlich erinnerte sein düsteres Schweigen etwas an Lord Byron.
Die beiden nächsten Reisenden gehörten von Natur zusammen, einfach weil sie beide Engländer waren, die von einer Vortragsreise aus Amerika zurückkehrten. Einer führte den Namen Leonard Smyth und war eine Kreuzung zwischen einem kleinen Dichter und einem großen Journalisten; mit schmalem Kopf, hellem Haar und sehr sicherem Auftreten. Der andere mutete an wie sein komischer Gegenspieler, da er kurz und breit war, einen schwarzen Schnurrbart hatte wie ein Seehund und ebenso stumm war wie der andere gesprächig. Da er einmal wegen Raubes angeklagt gewesen war und sich außerdem einen Namen gemacht hatte, weil er eine rumänische Prinzessin in einer Menagerie aus den Pranken eines Jaguar gerettet hatte, war man selbstredend der Ansicht, daß seine Meinung über Gott, Fortschritt, seine eigene Kindheit und die Zukunft der englisch-amerikanischen Beziehungen für die Einwohner von Minneapolis und Omaha von größtem Interesse und Wert sein müßte. Die sechste und unscheinbarste Gestalt war die eines kleinen englischen Priesters, der sich Brown nannte. Er lauschte den Gesprächen mit Achtung und Aufmerksamkeit und hatte eben den Eindruck gewonnen, daß sie in einer Beziehung etwas sonderbar waren.
»Vermutlich sind Ihre Studien über Byzanz dazu angetan, etwas Licht in die Angelegenheit der Grabstätte zu bringen, die man an der Südküste entdeckt hat?« fragte Leonard Smyth. »Ich glaube, es war bei Brighton. Nun, Brighton ist natürlich recht weit weg von Byzanz. Aber ich glaube, gelesen zu haben, daß die Art der Bestattung oder Einbalsamierung oder sonst etwas für byzantinisch gehalten wurde.«
»Studien über Byzanz müssen wirklich für vieles herhalten«, antwortete der Professor trocken. »Da spricht man von Spezialisten – aber ich glaube, nichts auf Erden ist

schwerer, als sich zu spezialisieren. Nehmen Sie gleich diesen Fall: wie kann man etwas über Byzanz wissen, bevor man sich mit dem alten Rom vor der byzantinischen Zeit und dem Islam nach derselben völlig vertraut gemacht hat? Die meisten arabischen Künste stammen aus Byzanz. Wenn Sie sich zum Beispiel mit Algebra beschäftigen –«
»Ich denke nicht daran«, rief die Dame entschieden. »Ich habe es nie getan und tue es auch jetzt nicht. Aber fürs Einbalsamieren interessiere ich mich außerordentlich. Ich war dabei, wissen Sie, wie Gatton die babylonischen Gräber öffnete. Seit der Zeit schwärme ich für Mumien und erhaltene Leichen und all das. Bitte, erzählen Sie uns doch mehr von diesem Grab.«
»Gatton war ein interessanter Mensch«, sagte der Professor. »Die ganze Familie war interessant. Der Bruder, der ins Parlament gewählt wurde, war auch bedeutend mehr als ein Durchschnittspolitiker. Ich begriff erst, was die Faschisten eigentlich wollten, nachdem er seine Rede über Italien gehalten hatte.«
»Ja, aber diesmal führt uns doch unsere Reise nicht nach Italien«, fuhr Lady Diana hartnäckig fort, »und ich vermute, Sie reisen nach dem kleinen Ort, wo das Grab aufgefunden wurde. Ist es nicht in Sussex?«
»Sussex ist sehr groß«, erwiderte der Professor. »Man kann ziemlich lange darin herumwandern; und es ist auch dafür wie geschaffen. Es ist unglaublich, wie hoch die niedrigen Berge aussehen, wenn man sich mitten drin befindet.«
Eine plötzliche Stille trat ein; dann sagte die Dame:
»Ich will mal ein bißchen auf Deck«, und stand auf. Die Männer taten dasselbe. Nur der Professor blieb noch ein wenig, und als letzter verließ der kleine Priester den Tisch, nachdem er seine Serviette sauber zusammengefaltet hatte. Da sie so allein zurückblieben, wandte sich der Professor plötzlich an den anderen:

»Worauf, glauben Sie, wollte das Gespräch hinaus?«
Pater Brown lächelte: »Wenn Sie mich fragen, es gab da etwas, worüber ich mich ein wenig amüsiert habe. Vielleicht irre ich mich – aber mir schien, daß die Gesellschaft es dreimal versuchte, Sie in ein Gespräch über den einbalsamierten Leichnam, den man in Sussex gefunden haben will, zu verwickeln. Sie Ihrerseits waren mit der größten Höflichkeit bereit, sich zu unterhalten – über Algebra, über die Faschisten und über die Landschaft an der Südküste Englands.«
»Das heißt«, sagte der Professor, »ich war gerne bereit, mich über jeden beliebigen Gesprächsstoff zu unterhalten, mit Ausnahme des einen. Sie haben ganz recht.«
Er schwieg einen Augenblick und betrachtete das Tischtuch. Dann blickte er auf und sagte mit schneller, impulsiver Art, die an den Sprung eines Löwen erinnerte:
»Passen Sie auf, Hochwürden. Ich halte Sie so ungefähr für den anständigsten und klügsten Menschen, dem ich je begegnet bin.«
Pater Brown war ein typischer Engländer. Wie alle seine Landsleute, konnte ihn ein auf amerikanische Art ohne Umschweife vorgebrachtes Kompliment völlig aus der Fassung bringen. Als Antwort kam nur ein unverständliches Murmeln; der Professor fuhr in derselben ernsten, abgehackten Weise fort:
»Sehen Sie, bis zu einem bestimmten Punkt ist alles sehr einfach. Ein christliches Grab aus dunklen Zeiten, jedenfalls ein Bischofsgrab, wird unter einer kleinen Kirche in Dulham an der Küste von Sussex aufgefunden. Zufälligerweise verstand der Pfarrer des Ortes etwas von Altertumskunde und brachte mehr heraus, als ich bis heute selbst weiß. Es gab das Gerücht, daß die Leiche auf eine den Griechen und Ägyptern eigentümliche, aber im Westen – und besonders zu dieser Zeit – unbekannte Weise einbalsamiert war. Aus diesem Grunde dachte der Pfarrer Walters an byzantinische Einflüsse.

Er erwähnte aber noch etwas, das mich persönlich weit mehr interessiert.«

Sein langes, ernstes Gesicht schien noch länger und ernster zu werden. Er sah auf das Tischtuch und runzelte die Stirn. Sein langer Zeigefinger schien Muster von Plänen versunkener Städte und ihrer Tempel und Gräber zu zeichnen.

»Deshalb will ich Ihnen – und sonst keinem – jetzt sagen, warum ich über den Gegenstand in größerer Gesellschaft nicht sprechen darf – und warum ich um so vorsichtiger sein muß, je mehr man es darauf anlegt, darüber zu reden. Es ist auch angegeben worden, daß sich im Sarg eine Kette mit einem Kreuz befindet, das ganz gewöhnlich aussieht, aber auf der Rückseite ein Zeichen trägt, wie es nur noch auf einem einzigen anderen Kreuz vorkommt. Es ist eines der geheimen Zeichen der allerersten Christen und soll der Zeit angehören, in der Sankt Peter zu Antiochia Bischof war, bevor er nach Rom kam. Sei dem wie immer: ich glaube, daß nur noch ein einziges Kreuz dieser Art existiert, und das befindet sich in meinem Besitz. Es gibt da auch ein Gerücht von einem Fluch, der daran haftet, doch darum kümmere ich mich nicht. Aber ob es nun einen Fluch gibt oder nicht – jedenfalls gibt es in gewissem Sinn eine Verschwörung, obwohl sie sicherlich nur aus einer einzigen Person besteht.«

»Aus einer einzigen Person?« wiederholte Pater Brown fast mechanisch.

»Aus einem Irrsinnigen, soviel ich weiß«, sagte der Professor. »Die Geschichte ist lang und ziemlich albern.« Er machte abermals eine Pause und zeichnete mit seinem Finger architektonische Grundrisse auf das Tischtuch. Dann erzählte er folgendes:

»Am besten berichte ich Ihnen alles von Anfang an, denn möglicherweise fällt Ihnen in der Geschichte eine Kleinigkeit auf, die für mich bedeutungslos ist. Es begann vor vielen Jahren, als ich auf eigene Rechnung auf Kreta und den griechischen Inseln nach Altertümern suchte. Einen großen Teil der Arbeiten führte ich selbst durch; manchmal mit der außerordentlich primitiven Hilfe von Ortsansässigen, und manchmal buchstäblich allein. Und ich war auch allein, als ich ein Labyrinth unterirdischer Gänge fand, das schließlich zu einem Haufen wertvollen Abfalls führte – zerbrochene Ornamente, verstreute Gemmen –, den ich für die Reste eines versunkenen Altars hielt und auf dem ich das seltsame goldene Kreuz fand. Ich drehte es um, und auf der Rückseite sah ich das Ichthyozeichen oder den Fisch, der ein frühchristliches Symbol ist. Doch es unterschied sich in Zeichnung und Ausführung ziemlich von denen, die man gewöhnlich findet. Und der Fisch war, so schien es mir jedenfalls, realistischer, so als ob der archaische Zeichner die Absicht gehabt hätte, ihn nicht nur wie ein konventionelles Zeichen sondern mehr wie einen richtigen Fisch aussehen zu lassen. Ich hatte den Eindruck, er sei am einen Ende etwas abgeflacht, was nicht lediglich geometrische Dekoration, sondern eher eine grobe Art von zoologischer Beobachtung bedeuten konnte.

Um Ihnen kurz zu erklären, warum ich diesen Fund für bedeutend hielt, muß ich das Besondere dieser Fundstätte erwähnen. Einmal war sie so etwas wie die Ausgrabungsstätte einer Ausgrabungsstätte. Wir waren nicht nur Altertümern auf der Spur, sondern den Antiquitätenhändlern der Antike. Wir hatten Grund anzunehmen, oder zumindest einige von uns glaubten dazu Grund zu haben, daß diese unterirdischen Gänge, die vorwiegend aus der minoischen Zeit stammen, wie jener berühmte, der gerade jetzt als das Labyrinth des Minotaurus erkannt wird, nicht wirklich verschüttet gewesen und während all der Jahrhunderte zwischen dem Minotaurus und seinen modernen Erforschern unberührt geblieben waren. Wir glaubten, daß diese unterirdischen Stätten, ich möchte fast sagen, diese Untergrundstädte und Dörfer, in der Zwischenzeit schon, aus welchen Motiven auch immer, von

Menschen betreten worden waren. Was die Motive anlangt, gab es mehrere Schulen mit verschiedenen Ansichten: einige glaubten, daß die Eroberer eine Erforschung aus purer wissenschaftlicher Neugier angeordnet hatten; andere glaubten, daß die verrückte Mode zur Zeit des späten Römischen Reiches, sich mit allem möglichen finsteren asiatischen Aberglauben zu beschäftigen, irgendwelche unbekannten manichäischen Sekten oder andere Vereinigungen in die Höhlen geführt hatte, um dort Orgien zu feiern, die vor dem Angesicht der Sonne verborgen werden mußten. Ich gehöre zu denen, die glaubten, daß diese Höhlen auf die gleiche Weise wie die Katakomben benützt wurden. Das heißt, wir glaubten, daß die Christen während einiger der Verfolgungen, die sich wie ein Feuer über das ganze Imperium verbreiteten, sich in diesen alten heidnischen Steinlabyrinthen verborgen hatten. Ich entdeckte mit einem Schauder, der heftig wie ein Donnerschlag war, dieses goldene Kreuz, hob es auf und sah das Zeichen auf ihm; und es war ein noch größerer Schock des Glücks, als ich auf meinem Weg zurück und hinauf ins Licht des Tages die nackten Felswände, die sich in diesen niederen Gängen endlos hinzogen, entlangblickte und plötzlich in gröberer Zeichnung, aber womöglich noch unmißverständlicher, abermals das Zeichen des Fisches sah.
Irgend etwas ließ ihn so aussehen, als sei er ein versteinerter wirklicher Fisch oder ein rudimentärer Organismus, für immer in einem versteinerten Meer festgehalten. Ich konnte mir diese Analogie nicht erklären, es gab keinen sonstigen Bezug auf diese simple, auf den Stein gekratzte Zeichnung, bis ich mir in meinem Unterbewußtsein sagte, die ersten Christen müßten wie Fische gewesen sein, stumm und in einer gefallenen Welt aus Dämmerung und Schweigen lebend, tief unter die Menschen gestürzt, wo sie sich in einer dunklen und dämmrigen und geräuschlosen Welt bewegten.

Wer durch steinerne Gänge gegangen ist, weiß, was es heißt, von Geisterfüßen verfolgt zu werden. Das Echo verfolgt einen tappend oder klappernd von hinten oder vorne, so daß es für einen Menschen, obwohl er tatsächlich alleine ist, fast unmöglich wird, an seine Einsamkeit zu glauben. Ich hatte mich bereits an die Wirkungen dieses Echos gewöhnt und es seit einiger Zeit wahrgenommen, als mein Blick auf das Symbol auf der Felswand fiel. Ich hielt an, und im gleichen Augenblick schien auch mein Herz anzuhalten. Meine Füße waren stehengeblieben, doch das Echo marschierte weiter.
Ich rannte vorwärts, und es schien, als ob die geisterhaften Schritte auch rannten, jedoch nicht mit der genauen Imitation des tatsächlichen Widerhalls eines Geräusches. Ich hielt wieder an, und die Schritte hielten ebenfalls an, aber ich hätte schwören mögen, daß sie einen Augenblick zu spät anhielten; ich rief eine Frage, und mein Ruf wurde beantwortet. Aber die Stimme war nicht die meine. Das Echo kam um die Ecke eines Felsens gerade vor mir. Und während der folgenden unheimlichen Jagd bemerkte ich, daß es immer an den Ecken des gewundenen Pfades anhielt und sprach. Die kleine Spanne vor mir, die von meiner elektrischen Taschenlampe beleuchtet werden konnte, war leer wie ein leerer Raum. So führte ich eine Unterhaltung mit ich weiß nicht wem, die den ganzen Weg bis zum ersten weißen Schimmer des Tageslichts dauerte, und selbst da konnte ich nicht sehen, auf welche Weise der andere im Licht des Tages verschwand. Der Rachen des Labyrinths war voller Öffnungen, Risse und Spalten, und es wäre für ihn nicht schwierig gewesen, sich da hineinzustürzen und wieder in der Unterwelt der Höhlen zu verschwinden. Ich weiß nur, daß ich auf die einsamen Stufen eines großen Berges hinauskam, auf eine Art Marmorterrasse, die von einer grünen Vegetation bestanden war, die tropisch wirkte gegen die Nacktheit des Felsens, sie erinnerte an eine der orientalischen

Invasionen, die sich sporadisch über das verfallene klassiche Hellas ausgebreitet hatten. Ich blickte auf ein Meer von makellosem Blau; die Sonne schien einsam und schweigend. Es gab nicht einen Halm eines Grases, der vom Hauch einer Flucht bewegt war, noch den Schatten von einem Schatten eines Menschen.
Es war eine schreckliche Unterhaltung gewesen; so intim und so individuell und in gewissem Sinn so beiläufig. Dieses Wesen, körperlos, gesichtslos, namenlos und dennoch mich bei meinem Namen nennend, hatte in diesen Grüften und Spalten, in denen wir ohne mehr Leidenschaft oder Dramatik, als wenn wir in zwei Lehnsesseln im Club gesessen hätten, lebend begraben waren, zu mir gesprochen. Aber es hatte mir auch gesagt, daß es mich oder jeden anderen, der in den Besitz des Kreuzes mit dem Fischzeichen käme, unweigerlich töten würde. Es sagte mir unumwunden, es sei kein solcher Narr, mich in dem Labyrinth anzugreifen, da es wisse, daß ich einen geladenen Revolver bei mir hätte und es ein ebenso großes Risiko liefe wie ich. Doch es sagte mir ebenso ruhig, daß es meinen Mord mit tödlicher Sicherheit planen würde, unter Berücksichtigung jedes Details und unter Ausschluß jeder Gefahr, kurz, mit jener Art künstlerischer Perfektion, wie sie ein chinesischer Handwerker oder ein indischer Teppichsticker einem lebenslangen künstlerischen Werk widmen würde. Doch es war kein Orientale. Ich war sicher, daß es ein Weißer war. Ich vermute, es war ein Landsmann von mir.
Seitdem habe ich von Zeit zu Zeit Zeichen und seltsame unpersönliche Botschaften erhalten, die mir zumindest die Gewißheit gegeben haben, daß der Mann, wenn er ein Irrsinniger ist, ein Monomane ist. Er erzählt mir unentwegt in seiner munteren und beiläufigen Art, daß die Vorbereitungen zu meinem Tod und meiner Beerdigung zufriedenstellend vorangingen; und daß ich nur verhüten könnte, daß sie von Erfolg gekrönt würden, wenn ich die

Reliquie, die sich in meinem Besitz befindet, das einmalige Kreuz, das ich in der Höhle gefunden hatte, weggäbe. Es scheint aber, daß er keinerlei religiöse Beweggründe hat, noch ein Fanatiker ist; er hat offenbar keine andere Leidenschaft, als die Leidenschaft eines Sammlers von Kuriositäten. Das ist einer der Gründe, die mir das sichere Gefühl geben, er ist aus dem Westen und nicht aus dem Osten. Doch diese besondere Neugier scheint ihn ganz verrückt gemacht zu haben.
Und dann kam diese, allerdings noch nicht nachgeprüfte Nachricht über das Duplikat der Reliquie, das auf einem einbalsamierten Leichnam in einem Grab in Sussex gefunden worden sei. Wenn er bisher ein Irrsinniger gewesen war, dann hatte diese Nachricht ihn jetzt in einen Besessenen verwandelt, einen von sieben Teufeln Besessenen. Daß es ein solches Kreuz geben sollte, das einem anderen gehörte, war schon schlimm genug, aber daß zwei existierten und keines davon ihm gehörte, das war eine Qual, die er nicht ertragen konnte. Seine verrückten Botschaften kamen nun gebündelt und rasch, wie Scharen von vergifteten Pfeilen, und jede schrie mit mehr Zuversicht als die letzte hinaus, daß der Tod mich in dem Moment ereilen würde, da ich meine unwürdige Hand nach dem Kreuz in dem Grab ausstrecken würde.
›Sie werden mich nie kennen‹, schrieb er, ›Sie werden niemals meinen Namen aussprechen; Sie werden niemals mein Gesicht sehen; Sie werden sterben ohne zu wissen, wer Sie getötet hat. Ich werde in irgendeiner Form unter denen sein, die Sie umgeben; aber ich werde gerade in dem sein, vor dem sich vorzusehen Sie vergessen haben werden.‹
Ich will nur noch so viel sagen, daß mir einmal jemand eine gleiche Antiquität zur Begutachtung übersandt hat. Er hielt sie für echt, und ich für eine Fälschung, und seither ist mir auf hundertfache Weise klargeworden, daß jemand gegen mich intrigiert und sich mir aus Bosheit in

den Weg stellt; er bietet bei Auktionen gegen mich, verbreitet Verleumdungen über mich und droht mir manchmal in anonymen Briefen.
Ich schließe aus diesen Drohungen, daß er mich wahrscheinlich auch auf dieser Reise verfolgt und versuchen wird, mir die Antiquität zu stehlen oder mir etwas Böses anzutun, weil ich sie besitze. Aber ich habe den Menschen nie in meinem Leben gesehen, und es kann also jeder sein, dem ich begegne. Wenn man streng logisch vorgeht, kann es ebensogut einer der Kellner sein, die uns bei Tische bedienen. Oder einer der Reisenden, die mit mir bei Tische sitzen.«
»Ich zum Beispiel«, bemerkte Pater Brown.
»Jeder außer Ihnen«, antwortete der Professor ernst. »Damit wollte ich sagen: Sie sind der einzige, von dem ich sicher weiß, daß er nicht der Feind ist.«
Pater Brown war wieder verlegen; dann lächelte er und sagte: »Sonderbarerweise bin ich es wirklich nicht. Wir müssen jetzt überlegen, ob wir die Möglichkeit haben, ihn zu entlarven, bevor er sich unangenehm bemerkbar macht.«
»Wir haben eine Möglichkeit, das herauszubekommen«, sagte der Professor ziemlich grimmig. »Wenn wir nach Southampton kommen, nehme ich sofort ein Auto, das mich auf dem Weg längs der Küste hinbringen soll. Für Ihre Begleitung wäre ich Ihnen sehr dankbar. Natürlich löst sich im übrigen unsere Gesellschaft auf. Wenn aber einer von ihnen plötzlich in dem kleinen Friedhof an der Küste von Sussex wiederauftaucht, werden wir wissen, wer es ist.«
Der Professor führte sein Programm aus, wenigstens was den Wagen und seinen Fahrgast in Person des Pater Brown betraf. Sie fuhren das Ufer entlang, die See auf der einen, die Hügel von Hampshire und Sussex auf der anderen Seite; soviel man sehen konnte, verfolgte sie niemand. Als sie sich dem Dorfe Dulham näherten, kam ih-

nen ein einziger Mensch in den Weg, der allerdings mit der bewußten Sache zu tun hatte; es war ein Journalist, der eben die Kirche besucht hatte und vom Pfarrer höflich durch die neu ausgegrabene Kapelle geführt worden war. Was er sagte und notierte, schien jedoch nicht über eine gewöhnliche Pressenotiz hinauszugehen. Aber vielleicht war Professor Smaill stark phantasiebegabt; jedenfalls konnte er das Gefühl nicht loswerden, daß etwas in der Haltung und dem Aussehen des Mannes sonderbar und beunruhigend wirkte. Er war hochgewachsen und ärmlich gekleidet, mit großer Hakennase und tiefen Schatten unter den Augen; sein Schnurrbart hing melancholisch herunter. Die Besichtigung der archäologischen Merkwürdigkeiten hatte ihn wie es schien nicht erheitert; es machte beinahe den Eindruck, als trachte er sich so schnell wie möglich zu entfernen. Sie hielten ihn an und stellten ihm eine Frage.
»Man hört von nichts weiter als von dem Fluch«, sagte er; »ein Fluch soll auf dem Ort ruhen; das behauptet der Fremdenführer oder der Pfarrer oder der älteste Bewohner oder sonst eine Autorität; und es kommt mir wahrhaftig so vor. Fluch oder nicht, ich bin froh, daß ich draußen bin.«
»Glauben Sie an Flüche?« fragte Smaill neugierig.
»Ich glaube an gar nichts; ich bin von der Presse«, antwortete die traurige Gestalt; »mein Name ist Boon, von der ›Tagespost‹. Aber irgendwas ist an der Krypta nicht ganz geheuer – und ich kann nicht leugnen, daß es mir kalt über den Rücken gelaufen ist.«
Er eilte mit beschleunigten Schritten zum Bahnhof weiter.
»Der Mensch sieht aus wie ein Rabe oder wie eine Krähe«, bemerkte Smaill, während sie sich zum Kirchhof wandten. »Wie lautet doch das Sprichwort von dem unheilbringenden Vogel?«
Langsam betraten sie den Kirchhof. Das Auge des amerikanischen Altertumsforschers verweilte mit Freuden an

dem eisernen Dach der Pforte und dem undurchdringlichen Riesenwuchs einer Eibe; sie sah aus wie die Nacht selbst, die dem Tage Trotz bietet. Zwischen wogenden Rasenflächen, wo die Grabsteine nach allen Richtungen Winkel bildeten wie Steinflöße, die auf einem grünen Meer schwanken, stieg der Weg an, bis er an den Kamm gelangte, hinter dem die große graue See wie ein Stück Eisen lag; bleiche Lichter erglänzten darin wie Stahl. Beinahe zu ihren Füßen verwandelte sich das zähe, verwilderte Gras in ein Büschel Disteln und endete in grauem und gelbem Sand; ein bis zwei Fuß von den Disteln entfernt, dunkel umrissen gegen die stahlgraue See, stand eine unbewegliche Gestalt. Ohne die dunkelgraue Kleidung hätte man sie fast für eine Statue auf einem Grabsockel halten können. An den elegant gekrümmten Schultern und der trotzigen Haltung des kurzen Bartes kam Pater Brown jedoch sofort etwas bekannt vor.
»Nanu«, entfuhr es dem Professor der Altertumskunde, »da haben Sie den Herrn – Tarrant, wenn Sie ihn einen Herrn nennen wollen. Als ich Ihnen die Sache auf dem Schiff auseinandersetzte, haben Sie wohl nicht geglaubt, daß wir so schnell eine Antwort auf meine Frage erhalten würden?«
»Ich habe gefürchtet, Sie könnten zu viele Antworten bekommen«, erwiderte Pater Brown.
»Ja, wieso denn?« fragte der Professor, indem er ihm einen Blick über die Schulter zuwarf.
»Ich meine«, antwortete der andere sanft, »daß mir vorkommt, als hörte ich Stimmen hinter der Eibe. Ich glaube nicht, daß Herr Tarrant so einsam ist, wie er aussieht. Oder, wie ich lieber sagen möchte, so einsam, wie er auszusehen wünscht.«
Während sich Tarrant unwirsch umwandte, kam schon die Bestätigung. Eine zweite Stimme, hoch und etwas hart, aber trotzdem weiblicher Natur, sagte mit kunstgerechter Koketterie:

»Woher sollte ich wissen, daß er auch herkommt?«
Professor Smaill verstand, daß diese heitere Bemerkung nicht ihm galt; er mußte also zu seinem Erstaunen daraus schließen, daß noch eine dritte Person zugegen war. Während Lady Diana Wales strahlend und entschlossen wie nur je aus dem Schatten der Eibe trat, bemerkte er mit Ingrimm, daß sie über einen eigenen, lebendigen Schatten verfügte. Die schlanke, schmucke Gestalt des sympathischen Mannes der Feder, Leonard Smyth, erschien gleich hinter ihrer eigenen grellen Figur; er lächelte und hielt seinen Kopf zur Seite geneigt wie ein Hund.
»Donnerwetter!« murmelte Smaill. »Sie sind alle hier. Oder jedenfalls alle außer dem kleinen Zirkushelden mit dem Seehundsbart.«
Er hörte, wie Pater Brown neben ihm leise lachte. Und wirklich wurde die Lage mit jedem Augenblick lächerlicher. Sie verwandelte sich von Minute zu Minute, wie bei einem Kunststück im Theater; während der Professor noch sprach, wurden seine Worte auf ganz komische Weise widerlegt. Der runde Kopf mit dem grotesken schwarzen Halbmond von einem Bart war plötzlich zum Vorschein gekommen; aus einem Loch im Boden, wie es schien. Einen Augenblick später wurde ihnen klar, daß das Loch in Wahrheit eine Grube war und zu einer Leiter führte, die aus dem Innern der Erde zu kommen schien; es war mit einem Wort der Eingang zu dem unterirdischen Schauplatz, den sie sich ansehen wollten. Der kleine Mann hatte als erster den Eingang entdeckt und war schon ein bis zwei Sprossen der Leiter hinabgestiegen, als er nochmals den Kopf herausstreckte, um seine Mitreisenden anzusprechen. Er sah aus wie ein ganz unmöglicher Totengräber in einer »Hamlet«-Parodie. Er sagte nur undeutlich hinter seinem Schnurrbart: »Da unten ist's.« Aber mit Erstaunen begriff die Gesellschaft, daß sie ihn fast noch nie hatten reden hören, obwohl sie eine Woche lang bei den Mahlzeiten an einem Tisch ge-

sessen waren, und daß er, obwohl er für einen englischen Vortragsreisenden galt, mit ziemlich geheimnisvollem ausländischen Akzent sprach.
»Wissen Sie, lieber Herr Professor«, rief Lady Diana mit schneidender Freundlichkeit, »Ihre byzantinische Mumie war zu interessant – wir konnten sie uns nicht entgehen lassen. Ich *mußte* sie mir ansehen; und dem Herrn da ist es sicher ebenso ergangen. Nun müssen Sie uns aber auch alles erklären.«
»Ich weiß aber keineswegs alles«, erwiderte der Professor ernst, um nicht zu sagen grimmig. »Teilweise weiß ich gar nicht, um was es sich eigentlich handelt. Jedenfalls ist es eigentümlich, daß wir uns alle so bald wieder hier treffen; ich vermute, daß der neuzeitliche Durst nach Wissen keine Grenzen kennt. Aber wenn wir uns alle den Ort ansehen wollen, müssen wir es auf verantwortliche Weise tun und – Sie verzeihen schon – auch unter verantwortlicher Leitung. Wir müssen die Leitung der Ausgrabungen verständigen und vermutlich zumindest unsere Namen in ein Register eintragen.«
Auf diesen Zusammenstoß zwischen der Ungeduld der Dame und dem Mißtrauen des Archäologen folgte etwas wie ein Streit, endlich jedoch siegte der Professor, der auf den offiziellen Rechten des Pfarrers und der einheimischen Untersuchungskommission bestand. Der kleine Mann mit dem Schnurrbart entstieg unwillig seinem Grabe und erklärte sich schweigend mit einem weniger stürmischen Hinabsteigen einverstanden. Glücklicherweise erschien in diesem Augenblick der Pfarrer selbst – ein grauhaariger, gutaussehender Mann in gebückter Haltung, die durch doppelte Brillen noch unterstrichen wurde; und während er schnell mit dem Professor, als einem kollegialen Kenner von Altertümern, freundschaftliche Beziehungen anknüpfte, schien er die andern nicht feindlich, sondern eher belustigt zu betrachten.
»Hoffentlich ist keiner von Ihnen abergläubisch«, sagte

er liebenswürdig. »Ich muß Ihnen gleich sagen, daß angeblich allerhand üble Vorbedeutungen und Flüche in dieser Angelegenheit über unseren gläubigen Häuptern hängen. Eben habe ich eine lateinische Inschrift entziffert, die wir über dem Eingang zur Kapelle gefunden haben; wie es scheint, sind nicht weniger als drei Flüche im Spiel – ein Fluch für denjenigen, der die heilige Kapelle betritt, ein doppelter Fluch, wenn jemand den Sarg öffnet, und ein dreifacher, falls die goldene Reliquie darin berührt wird. Die beiden ersten Verwünschungen habe ich schon auf mich geladen«, fuhr er lächelnd fort, »aber ich fürchte, daß Sie die erste und harmloseste auch auf sich laden müssen, wenn Sie überhaupt etwas sehen wollen. Nach der Geschichte zu schließen, erfüllen sich die Flüche sehr langsam, nach langen Pausen und bei späteren Gelegenheiten. Vielleicht ist Ihnen das ein Trost« – und Seine Hochwürden Herr Walters lächelte wieder auf seine gebückte und wohlwollende Weise.
»Geschichte«, wiederholte Profesor Smaill, »was für eine Geschichte meinen Sie?«
»Es ist eine lange Geschichte mit vielen Variationen, wie andere lokale Legenden«, erwiderte der Pfarrer. »Aber jedenfalls stammt sie aus derselben Zeit wie das Grab; ihr Kern geht aus der Inschrift hervor und lautet ungefähr folgendermaßen: Guy de Gisors, ein hiesiger Grundherr aus dem 13. Jahrhundert, hatte sich in ein wunderbares schwarzes Roß verliebt, das einem Abgesandten der Stadt Genua gehörte und diesem, einem weltklugen Kaufmannsfürsten, nur zu einem sehr hohen Preise feil war. Durch Habsucht getrieben, beraubte Guy den Schrein, ja, er tötete sogar den Bischof, der damals hier seinen Sitz hatte. Jedenfalls sprach der Bischof einen Fluch aus. Er sollte sich an jedem erfüllen, der das goldene Kreuz an seiner Ruhestätte im Grabe störte, oder versuchen würde, es nach seiner Rückkehr wieder zu rauben. Der Adelige hatte sich nämlich Gold für das Pferd verschafft, indem er

die goldene Reliquie an einen Goldschmied im Orte verkaufte; am ersten Tage jedoch, an dem er das Pferd bestieg, bäumte sich das Tier auf und warf ihn vor der Kirche ab, so daß er sich den Hals brach. Inzwischen wurde der Goldschmied, der bis dahin reich und glücklich gewesen war, durch eine Reihe von unerklärlichen Zufällen ruiniert und fiel einem jüdischen Geldverleiher in die Hände, der im Orte lebte. Endlich erhängte sich der unglückliche Goldschmied, dem nichts übriggeblieben war als zu verhungern, an einem Apfelbaum. Das goldene Kreuz war mit seinem anderen Besitztum, mit Haus, Geschäft und Werkzeug schon längst in die Hände des Wucherers übergegangen. Inzwischen war der Sohn und Erbe des Adeligen aus Entsetzen über das Gericht, das über seinen gotteslästerlichen Vater hereingebrochen war, zu einem frommen Diener der Kirche geworden, der ganz im Sinne jener dunklen und strengen Zeiten es für seine Pflicht hielt, Ketzerei und Unglauben unter seinen Vasallen zu bekämpfen. So wurde der Jude, den der zynische Vater geduldet hatte, auf Befehl des Sohnes unbarmherzig verbrannt, so daß er seinerseits für den Besitz der Reliquie büßen mußte; nach diesem dreifachen Gericht wurde sie in das Grab des Bischofs zurückgelegt, und seither hat sie kein Auge gesehen und keine Hand berührt.«
Auf Lady Diana Wales schien die Erzählung einen über Erwartung großen Eindruck zu machen.
»Es läuft einem wirklich kalt den Rücken hinunter«, sagte sie, »wenn man bedenkt, daß wir die ersten sein werden – außer dem Pfarrer natürlich.«
Der Pionier mit dem großen Schnurrbart und dem gebrochenen Englisch stieg schließlich doch nicht auf seiner geliebten Leiter hinunter, die bisher nur von den Arbeitern bei den Ausgrabungen benutzt worden war. Der Geistliche führte sie auf einem Umweg zu einem größeren und bequemeren Eingang, der etwa dreißig Meter

entfernt lag, und durch den er eben selbst von seinen unterirdischen Forschungen zurückgekommen war. Hier konnte man über eine sanft geneigte schiefe Ebene hinuntersteigen, wo sich außer der wachsenden Dunkelheit keine Schwierigkeiten boten; denn nach kurzer Zeit ging man im Gänsemarsch durch einen Tunnel, der schwarz wie Pech war, und erst nach mehreren Minuten zeigte sich vor ihnen ein Fünkchen Licht. Einmal während dieser schweigenden Prozession hörte man einen Laut, der wie ein Seufzer klang, man wußte nicht, aus welchem Munde; und einmal ertönte ein Fluchen wie eine gedämpfte Explosion, in einer fremden Sprache.
Sie kamen schließlich in ein rundes Zimmer, eine Basilika mit einem Kreis von Rundbogen; denn die Kapelle war gebaut worden, bevor der erste spitze Bogen der Gotik unsere Zivilisation wie ein Speer durchbohrt hatte. Ein Schimmer von grünlichem Licht zwischen einigen Säulen bezeichnete den Ort, wo sich der zweite Ausgang zur Oberwelt öffnete, und erregte das Gefühl, als befände man sich unter dem Meeresspiegel, was durch einige zufällige und vielleicht phantastische Ähnlichkeiten noch verstärkt wurde. Denn das Hundszahnmuster der Normannen war schwach auf allen Bogen zu erkennen und verlieh ihnen in der kellerartigen Dunkelheit etwas vom Aussehen der Rachen ungeheurer Haifische. Und die dunkle Masse des Grabes selbst, in der Mitte des Raumes, machte mit dem hochgehobenen Steindeckel beinahe den Eindruck von Kiefern eines Leviathan.
Sei es aus einem Sinn für das Gemäße oder aus Mangel an modernen Einrichtungen, jedenfalls hatte der geistliche Forscher für die Erleuchtung der Kapelle nur durch vier hohe Kerzen gesorgt, die in großen Holzleuchtern auf der Erde standen. Nur eine davon brannte, als sie eintraten, und warf einen schwachen Schein über die mächtigen architektonischen Formen. Als alle zugegen waren, zündete der Geistliche auch die anderen drei an und Aussehen

wie Inhalt des Sarkophags boten sich den Blicken deutlich dar.
Aller Augen wandten sich zuerst zu dem Gesicht des Toten, der sich durch so viele Jahrhunderte vermittels einer geheimen östlichen Behandlung den Schein des Lebens bewahrt hatte, eine Behandlung, die, wie es hieß, vom heidnischen Altertum übernommen und in den einfachen Friedhöfen Englands unbekannt war. Der Professor konnte kaum einen Ausruf des Staunens unterdrücken; denn obwohl das Gesicht weiß war wie Wachs, sah es mehr einem Schlafenden ähnlich, der eben erst die Augen geschlossen hatte. Das Gesicht gehörte dem asketischen, vielleicht sogar dem fanatischen Typus an, mit langgestrecktem Knochenbau; die Gestalt war in einem goldenen Chorrock und in prächtige Gewänder gekleidet; hoch oben auf der Brust, am Halsansatz, glänzte das berühmte Goldkreuz an einer kurzen goldenen Kette, richtiger gesagt, einem Halsband. Der Steinsarg war geöffnet worden, indem man den Deckel am Kopfende gehoben und ihn in dieser Lage durch zwei starke hölzerne Stäbe oder Stangen festgehalten hatte, die oben den Rand der Steintafel stützten und unten in die Ecken des Sarges hinter dem Kopf der Leiche eingezwängt waren. Von den Füßen und dem unteren Teil des Körpers war daher weniger zu sehen; aber das Kerzenlicht fiel voll auf das Gesicht; und im Gegensatz zu dessen toten Elfenbeintönen schien das goldene Kreuz sich wie ein Feuer zu bewegen und zu funkeln.
Professor Smaills hohe Stirn zeigte eine tiefe Denker- oder gar Sorgenfalte, seit der Geistliche die Geschichte des Fluches erzählt hatte. Weibliche Intuition, nicht unbeeinflußt von weiblicher Hysterie, verstand die Bedeutung seiner grübelnden Unbeweglichkeit besser als die Männer um ihn herum. In dem Schweigen der vom Kerzenlicht erhellten Höhle rief Lady Diana plötzlich laut:
»Rühren Sie es nicht an, sage ich Ihnen!« Aber der Mann

hatte schon eine seiner schnellen, löwenartigen Bewegungen ausgeführt und beugte sich über den Körper. Im nächsten Augenblick fuhren alle auf – manche nach vorn, andere nach hinten –, aber alle mit einer erschreckten, duckenden Bewegung, als sei der Himmel am Einstürzen. Während der Professor einen Finger auf das goldene Kreuz legte, schienen die hölzernen Stützen, die sich unter der Last des aufgestellten Steindeckels leicht bogen, zusammenzuzucken und sich mit einem Ruck aufzurichten. Der Rand des Deckels rutschte von seiner hölzernen Unterlage; in Herz und Magen wurde ihnen allen übel von einem Gefühl der sausenden Vernichtung, als hätte man sie in einen Abgrund geschleudert. Smaill hatte den Kopf schnell, aber nicht rechtzeitig zurückgezogen; er lag bewußtlos neben dem Sarg, in einer roten Lache von Blut, das aus Kopfhaut oder Hirnschale floß. Der alte Steinsarg war wieder geschlossen, wie seit vielen Jahrhunderten; nur daß ein oder zwei Splitter oder Späne im Spalt staken und in entsetzlicher Weise an Knochen erinnerten, die ein Riese zerkaut. Der Leviathan hatte mit seinen steinernen Kiefern zugebissen.
Lady Diana betrachtete den Zusammengebrochenen mit Augen, in denen ein elektrischer Glanz wie von Irrsinn funkelte; in der grünlichen Dämmerung sah ihr rotes Haar gegen das bleiche Gesicht scharlachfarben aus. Smyth sah sie an, und seine Kopfhaltung erinnerte noch immer an einen Hund; doch es war der Ausdruck eines Hundes, der nur teilweise versteht, was für eine Katastrophe seinen Herrn betroffen hat. Tarrant und der Ausländer waren in ihrer gewöhnlichen trotzigen Haltung erstarrt; aber ihre Gesichter waren lehmfarben. Der Pfarrer schien ohnmächtig zu sein. Pater Brown kniete neben der hingesunkenen Gestalt des Professors und versuchte, dessen Zustand festzustellen.
Unter allgemeinem Erstaunen machte der romantische Müßiggänger Paul Tarrant Anstalten, ihm zu helfen.

»Am besten tragen wir ihn hinauf«, sagte er. »Vermutlich hat er noch eine schwache Chance.«
»Tot ist er nicht«, erwiderte der Pater leise, »aber es steht recht schlecht; ein Arzt sind Sie wohl nicht?«
»Nein, aber ich habe mir im Laufe der Zeit verschiedenes angeeignet«, sagte der andere. »Doch lassen wir das. Sie würden sich vermutlich wundern, meinen wahren Beruf zu erfahren.«
»Das glaube ich nicht«, erwiderte der Priester mit leichtem Lächeln. »So gegen Mitte der Überfahrt fiel es mir ein. Sie sind ein Detektiv, der jemand überwacht. Nun, jetzt ist das Kreuz jedenfalls vor Dieben sicher.«
Während sie sprachen, hatte Tarrant die zarte Gestalt des Verunglückten leicht und geschickt aufgenommen und trug sie nun sorgsam zum Ausgang. Er antwortete über die Schulter: »Ja, das Kreuz schon.«
»Sie meinen, daß sonst niemand sicher ist? Denken Sie auch an den Fluch?«
Während der nächsten ein oder zwei Stunden trug Pater Brown sich mit einer Last von verwirrender Unklarheit, die schlimmer war als der Schlag des tragischen Unglücksfalles. Er legte mit Hand an, als das Opfer in den kleinen Gasthof gegenüber der Schenke getragen wurde, fragte den Arzt aus, der die Verletzung als ernsthaft und gefährlich, aber nicht unbedingt tödlich bezeichnete, und überbrachte diese Nachricht der kleinen Gesellschaft der Reisenden, die sich im Speisezimmer des Gasthofes um den Tisch versammelt hatten. Wo immer jedoch er sich hinwandte, die Wolke des Unverständlichen ruhte auf ihm und schien dunkler zu werden, je mehr er überlegte. Das Hauptgeheimnis wurde immer geheimnisvoller, je mehr die Nebenumstände in seinem Geiste sich erhellten. Je deutlicher die einzelnen Figuren in der bunt zusammengewürfelten Gesellschaft sich erklärten, desto unerklärlicher wurde das, was geschehen war. Leonard Smyth war nur hergekommen, weil Lady Diana gekommen war,

und Lady Diana war nur gekommen, weil es ihr so paßte. Sie hatten einen oberflächlichen Gesellschaftsflirt angefangen, einen von denen, die um so alberner sind, als sie sozusagen auf intellektueller Grundlage beruhen. Aber die Dame war nicht nur romantisch, sie war auch abergläubisch, und das schreckliche Ende ihres Abenteuers hatte sie fast krank gemacht. Paul Tarrant war ein Privatdetektiv, der wahrscheinlich im Auftrage einer Frau oder eines Gatten den Flirt beobachtete; vielleicht war er auch hinter dem Fremden mit dem Schnurrbart her, der ganz wie ein lästiger Ausländer aussah. Hatte aber er oder irgendein anderer die Absicht gehabt, die Reliquie zu stehlen, so war diese Absicht endgültig gescheitert. Und aller menschlichen Wahrscheinlichkeit nach war sie entweder an einem unglaublichen Zufall gescheitert oder an dem Dazwischentreten des uralten Fluches.

So stand er in einer ganz ungewöhnlichen Verwirrung mitten auf der Dorfstraße und war überrascht, eine in der letzten Zeit zwar häufig gesehene, zwar ziemlich unerwartete Gestalt herankommen zu sehen. Mr. Boon, der Journalist, sah recht zerrupft aus, und im Licht der Sonne wirkte seine Kleidung wie die einer Vogelscheuche. Seine schwarzen, tiefen Augen, die auf beiden Seiten seiner lang herabhängenden Nase nahe beieinanderstanden, waren auf den Priester gerichtet. Dieser sah zweimal hin, bevor er sicher war, ob der schwere schwarze Schnurrbart etwas wie ein Grinsen oder zumindest ein hämisches Lächeln verbarg.

»Ich dachte, Sie wären abgereist«, sagte Pater Brown etwas spitz. »Ich dachte, Sie hätten den Zug genommen, der vor zwei Stunden abfuhr.«

»Nun, Sie sehen, das habe ich nicht getan«, sagte Boon.

»Warum sind Sie zurückgekommen?« fragte der Priester fast streng.

»Dies hier ist nicht eines der kleinen ländlichen Paradiese, die ein Journalist rasch wieder verläßt«, antwortete

der andere. »Die Ereignisse folgen hier zu rasch aufeinander, um inzwischen an einen so langweiligen Platz wie London zurückzugehen. Außerdem kann man mich von dieser ganzen Affäre nicht ausschließen – ich meine von dieser zweiten Affäre. Schließlich habe ich den Leichnam gefunden, oder zumindest die Kleider. Mein Benehmen war ziemlich verdächtig, nicht wahr? Vielleicht glauben Sie, ich wollte mich mit diesen Kleidungsstücken verkleiden. Würde ich nicht einen reizenden Priester abgeben?«
Und der dürre und langnasige Schmierenkomödiant machte mitten auf dem Marktplatz eine theatralische Geste, breitete seine Arme aus und spreizte seine schwarz behandschuhten Finger, als wollte er auf eine komische Art den Segen erteilen, und sagte:
»Oh, ihr meine lieben Brüder und Schwestern, laßt mich euch alle umarmen . . .«
»Um Himmels willen, wovon reden Sie?« rief Pater Brown und kratzte mit seinem unförmigen Regenschirm auf den Steinen herum, denn er war etwas weniger geduldig als gewöhnlich.
»Sie werden schon alles erfahren, wenn Sie nur Ihre Picknickgesellschaft da drinnen im Gasthof fragen«, erwiderte Boon verächtlich. »Dieser Mr. Tarrant scheint mich zu verdächtigen, lediglich weil ich die Kleider fand. Obwohl er nur eine Minute zu spät kam, um sie selbst zu finden. Doch es gibt allerhand Geheimnisse in dieser Geschichte. Der kleine Mann mit dem großen Schnurrbart scheint mehr hinter den Ohren zu haben, als man auf den ersten Blick sieht. Und was das betrifft, so sehe ich nicht ein, warum nicht Sie selbst den armen Burschen getötet haben sollten.«
Pater Brown schien von dieser Verdächtigung nicht im geringsten berührt, doch von den Bemerkungen recht beunruhigt und verwirrt.
»Glauben Sie«, fragte er schlicht, »daß ich versucht habe, Professor Smaill zu töten?«

»Keineswegs«, sagte der andere und schwang seine Hand wie jemand, der ein artiges Zugeständnis macht. »Es gibt genug Tote, unter denen Sie wählen können. Sie sind nicht auf Professor Smaill angewiesen. Wie, Sie wissen nicht, daß jemand anderer aufgetaucht ist, der noch um ein beträchtliches toter war als Professor Smaill? Und ich wüßte nicht, warum nicht Sie ihn um die Ecke gebracht haben sollten, ganz still und heimlich. Religiöse Differenzen, man kennt das ja ... bedauerliche Uneinigkeit der Christenheit ... ich vermute, Sie wollten immer schon die englischen Pfarreien zurückhaben.«
»Ich gehe in den Gasthof zurück«, sagte der Priester ruhig; »Sie sagen, die Leute dort wüßten, was Sie meinen, und vielleicht sind sie in der Lage, es auch zu sagen.«
Einige Augenblicke später wurden seine persönlichen Besorgnisse für einen Augenblick durch die Nachricht von einem neuen Unglücksfall zerstreut. Als er das Gastzimmer betrat, in dem sich die übrige Gesellschaft versammelt hatte, sah er sofort aus ihren bleichen Gesichtern, daß sie durch ein späteres Ereignis als die Katastrophe am Grabe tief erschüttert waren. Als er eintrat, sagte Leonard Smyth gerade: »Wann wird das ein Ende nehmen?«
»Es wird nie ein Ende nehmen, sage ich Ihnen«, wiederholte Lady Diana. Sie blickte mit glasigen Augen ins Leere. »Es wird erst enden, wenn wir alle nicht mehr sind. Einen nach dem andern wird uns der Fluch dahinraffen; langsam vielleicht, wie der arme Pfarrer meinte; aber uns alle wird er erreichen, wie er ihn erreicht hat.«
»Was in aller Welt ist geschehen?« fragte Pater Brown.
Zuerst herrschte Schweigen; dann sagte Tarrant mit einer Stimme, die etwas hohl klang: »Herr Walters, der Pfarrer, hat Selbstmord begangen. Wahrscheinlich hat sein Verstand unter dem Schlag gelitten. Aber leider steht die Sache fest. Ich habe selbst seinen schwarzen Hut und Rock auf einem Felsen gefunden, der von der Küste ins Meer

hinausragt. Er scheint ins Meer gesprungen zu sein. Er hatte allerdings so ausgesehen, als sei er halb irrsinnig geworden, und vielleicht hätten wir uns um ihn kümmern müssen – aber wir mußten uns um so vieles kümmern!«

»Sie hätten gar nichts ausgerichtet«, sagte die Dame; »sehen Sie denn nicht, daß das Verhängnis in einer fürchterlichen Reihenfolge seinen Lauf nimmt? Der Professor berührte das Kreuz und er mußte zuerst verschwinden; der Pfarrer hatte das Grab geöffnet – er war der zweite; wir haben nur die Kapelle betreten und wir werden –«

»Still«, sagte Pater Brown mit einer schneidenden Stimme, die er nur selten vernehmen ließ. »Das muß aufhören.«

Unwillkürlich runzelte er noch immer stark die Brauen, aber seine Augen waren nicht mehr von dem ungelösten Geheimnis bewölkt, sondern leuchteten in einem fast furchtbaren Verstehen.

»Was bin ich nur für ein Esel gewesen!« murmelte er. »Ich hätte es längst sehen müssen. An der Geschichte von dem Fluch hätte ich es erkennen können.«

»Wollen Sie behaupten«, fragte Tarrant, »daß wir wirklich jetzt an einer Sache sterben können, die sich im 13. Jahrhundert ereignet hat?«

Pater Brown schüttelte den Kopf und sagte mit ruhiger Betonung: »Ich möchte nicht darüber diskutieren, ob wir an etwas sterben können, das im 13. Jahrhundert passiert ist. Aber das eine steht für mich bombenfest, daß wir nicht an etwas sterben können, was *keinesfalls* im 13. Jahrhundert passiert ist, ja überhaupt nie und nirgends.«

»Nun«, sagte Tarrant, »es tut wohl zu hören, daß ein Priester das Übernatürliche so skeptisch betrachtet.«

»Keineswegs«, erwiderte der Priester ruhig; »ich zweifle nicht an der übernatürlichen Seite der Sache. Sondern an der natürlichen. Ich befinde mich genau in der Lage

des Mannes, der erklärte: Ich kann das Unmögliche glauben, aber nicht das Unwahrscheinliche.«
»Das würden Sie ein Paradoxon nennen, nicht wahr?« fragte der andere.
»Ich würde es gesunden Menschenverstand nennen, wenn man es richtig begreift«, erwiderte Pater Brown. »Es ist viel natürlicher, einer übernatürlichen Erzählung Glauben zu schenken, die von unverständlichen Dingen handelt, als einer natürlichen Geschichte, die zu wohlbekannten Dingen in Widerspruch steht. Wenn Sie mir erzählen, daß der große Gladstone in seiner Todesstunde den Geist Parnells erblickte, werde ich mich wie ein Agnostiker verhalten. Wenn Sie mir aber sagen, daß Gladstone, als er zum ersten Mal der Königin Viktoria vorgestellt wurde, in ihrem Salon den Hut auf dem Kopf behielt, ihr auf die Schulter klopfte und ihr eine Zigarre anbot, so werde ich mich nicht wie ein Agnostiker gebärden. Es ist nicht unmöglich, es ist nur unglaublich. Trotzdem bin ich viel überzeugter, daß es nicht passiert ist, als ich sicher bin, daß Parnells Geist nicht erschien; denn es verletzt die Gesetze einer Welt, die ich kenne. Ebenso ist es mir mit der Erzählung vom Fluch ergangen. Nicht der Legende mißtraue ich, sondern der Geschichte.«
Lady Diana hatte sich von ihrer kassandrahaften Erstarrung etwas erholt, und die ewige Neugierde nach Neuem guckte ihr bereits wieder aus den hellen, vorstehenden Augen.
»Was sind Sie doch für ein ulkiger Mensch!« sagte sie. »Warum wollen Sie die Geschichte nicht glauben?«
»Weil die Geschichte nicht historisch ist«, antwortete der Priester. »Jedem, der auch nur das Geringste vom Mittelalter weiß, mußte die Erzählung so unwahrscheinlich klingen, wie, daß Gladstone der Königin eine Zigarre angeboten hat. Aber wer weiß denn etwas vom Mittelalter? Wissen Sie, was eine Innung war? Haben

Sie je von *salvo vanagio suo* gehört? Ist Ihnen klar, was für Leute die *servi regis* waren?«
»Nein, natürlich nicht«, erwiderte die Dame ärgerlich. »Was für eine Unmenge lateinischer Wörter!«
»Nein, natürlich nicht«, sagte Pater Brown. »Hätte es sich um Tut-ench-Amun und eine Anzahl vertrockneter Afrikaner gehandelt, die, Gott weiß warum, am andern Ende der Welt erhalten geblieben sind; wäre von Babylon oder China die Rede gewesen, oder von einer Rasse, die uns so wenig angeht und so geheimnisvoll ist wie der Mann im Mond, dann hätten Sie aus Ihren Zeitungen jede Kleinigkeit darüber erfahren, bis zur Entdeckung einer Zahnbürste und eines Kragenknopfes. Aber die Leute, die ihre eigenen Pfarrkirchen gebaut haben, die ihren eigenen Städten und Gewerben, ja sogar den Straßen, auf denen sie gehen, ihre Namen gegeben haben – nie ist ihnen der Gedanke gekommen, irgend etwas über sie in Erfahrung zu bringen. Ich behaupte nicht, daß ich sehr viel weiß; aber genug, um zu begreifen, daß die Geschichte von A bis Z Blödsinn ist. Nie hätte ein Geldverleiher den Laden und das Werkzeug eines Mannes pfänden können. Es ist höchst unwahrscheinlich, daß die Innung ihn nicht vom Untergang gerettet hätte, besonders wenn er von einem Juden zugrunde gerichtet wurde. Die damaligen Menschen hatten ihre eigenen Laster und Tragödien; es kam vor, daß sie Menschen folterten und verbrannten. Aber die Idee, daß ein Mensch, der von Gott und jeder Hoffnung verlassen sich in eine Ecke verkriecht um zu sterben – einfach, weil niemand an seinem Leben etwas liegt –, das ist keine mittelalterliche Idee. Das ist eine Folge unserer Wirtschaftspolitik und unseres Fortschritts. Der Jude konnte auch nicht Vasall eines Grundherrn sein. Die Juden nahmen als Diener des Königs immer eine besondere Stellung ein. Jedenfalls konnte er nicht verbrannt werden, weil er ein Jude war.«
»Das wird ja immer widerspruchsvoller«, bemerkte Tar-

rant; »wollen Sie etwa auch leugnen, daß die Juden im Mittelalter verfolgt wurden?«
»Es wird der Wahrheit näher kommen«, sagte Pater Brown, »wenn wir sagen, daß sie die einzigen Leute waren, die im Mittelalter nicht verfolgt wurden. Wenn Sie sich über das Mittelalter lustig machen wollen, können Sie Eindruck machen, indem Sie sagen, daß vielleicht ein armer Christ verbrannt werden konnte, weil er in Homoousianismus* einen Fehler gemacht hatte, während ein reicher Jude öffentlich auf der Straße Christus und die Mutter Gottes verhöhnen durfte. Ja, so sieht die Geschichte aus. Es ist keine mittelalterliche Geschichte, ja nicht einmal eine mittelalterliche Legende. Sie wurde von einem Menschen, dessen Begriffe aus Romanen und Zeitungen stammen, erfunden, und wahrscheinlich aus dem Stegreif.«
Die andern schienen durch die historische Abschweifung etwas benommen und ein wenig erstaunt, warum der Priester sie so stark unterstrich und zu einem wichtigen Teil des Rätsels erhob. Tarrant jedoch, dessen Beruf es war, die wichtigen Einzelheiten aus vielen verworrenen Abschweifungen herauszuklauben, war plötzlich aufmerksam geworden. Sein bärtiges Kinn schob sich weiter vor als je, aber seine Augen waren ganz lebendig.
»Aha«, sagte er, »aus dem Stegreif erfunden!«
»Das ist vielleicht übertrieben«, erwiderte Pater Brown ruhig. »Ich hätte sagen sollen: sorgloser und improvisierter erfunden als die übrige, ungemein vorsichtig ausgedachte Intrige. Freilich dachte der Intrigant, daß sich niemand viel um die geschichtlichen Einzelheiten kümmern würde. Und im Ganzen war die Berechnung ja auch ziemlich richtig, so wie seine anderen Berechnungen.«
»Wessen Berechnungen? Was war richtig?« fragte die Dame mit plötzlicher, leidenschaftlicher Ungeduld. »Von wem reden Sie eigentlich? Haben wir nicht genug ausge-

---

* Lehre von der Wesensgleichheit Christi mit Gott (Anm. d. V.)

standen? Müssen Sie uns noch mit Ihrem ›Er‹ und ›Seine‹ zum Gruseln bringen?«
»Ich spreche von dem Mörder«, sagte Pater Brown.
»Von welchem Mörder?« fragte sie scharf. »Wollen Sie damit sagen, daß der arme Professor ermordet wurde?«
»Nun«, sagte Tarrant, dessen Augen weit geöffnet waren, in seinen Bart hinein, »wir können kaum sagen: ›ermordet‹, denn wir wissen ja noch nicht, ob er sterben muß.«
»Der Mörder hat einen andern getötet«, sagte der Priester ernst, »der nicht Professor Smaill war.«
»Wen hat er denn töten können?« fragte sie.
»Er hat Hochwürden, den Pfarrer John Walters von Dulham getötet«, erwiderte Pater Brown mit Präzision. »Er wollte auch nur diese beiden töten, denn sie waren beide im Besitz ganz bestimmter Reliquien von großer Seltenheit. In diesem Punkte war der Mörder ein Monomane.«
»Das klingt alles sehr sonderbar«, brummte Tarrant. »Wir können ja auch gar nicht darauf schwören, daß der Pfarrer wirklich tot ist. Wir haben ja seinen Leichnam nicht gesehen.«
»O doch«, sagte Pater Brown.
Eine Stille entstand, plötzlich wie der Schlag einer Glocke; eine Stille, in der das unbewußte Rätselraten, das in der Frau so lebendig und so sicher war, sie fast bis zum Aufschrei erschütterte.
»Gerade den haben Sie gesehen«, fuhr der Priester fort. »Sie haben seinen Leichnam gesehen. Ihn selbst, den Lebenden, haben Sie nicht gesehen; wohl aber seinen Leichnam. Sie haben ihn beim Lichte von vier Kerzen ganz genau angestarrt; nicht nach einem Selbstmord, vom Meere hin und her geworfen, sondern prunkvoll aufgebahrt, wie ein Kirchenfürst, in einem Schrein, der vor den Kreuzzügen errichtet worden war.«
»Kurzum«, sagte Tarrant, »Sie fordern uns tatsächlich auf zu glauben, daß der einbalsamierte Körper die Leiche eines Ermordeten war.«

Einen Augenblick schwieg Pater Brown; dann sagte er, als gehöre es nicht zur Sache:
»Das erste, das mir auffiel, war das Kreuz – oder vielmehr die Schnur, an der das Kreuz hing. Erklärlicherweise war es für die meisten von Ihnen nur eine Schnur Perlen, und nichts weiter, aber – ebenso erklärlicherweise – schlug das mehr in mein Fach als in Ihres. Wie Sie sich erinnern, lag sie nahe am Kinn; wenige Perlen waren sichtbar, als sei das ganze Halsband nur sehr kurz. Die sichtbaren Perlen waren jedoch in ganz bestimmter Reihenfolge angeordnet; erst eine, dann drei, und so weiter; kurz, ich erkannte auf den ersten Blick den Rosenkranz, einen gewöhnlichen Rosenkranz mit einem Kreuz am Ende. Nun hat aber ein Rosenkranz mindestens fünf mal zehn Perlen, und noch einige darüber; und selbstredend konnte ich nicht begreifen, wo das übrige hingekommen war. Die Kette hätte mehr als zweimal um den Hals des Greises reichen müssen. Damals verstand ich es nicht; erst später fiel mir ein, wo die ganze Länge geblieben war. Sie war mehrmals um das untere Ende der Holzstütze gewickelt worden, die in der Ecke des Sarges eingezwängt stand und den Deckel offenhielt. Und als der arme Smaill nur eben am Kreuz zupfte, zog er die Stütze fort, und der Deckel fiel auf seinen Schädel wie ein steinerner Knüppel.«
»Donnerwetter!« sagte Tarrant, »ich fange an zu glauben, daß Sie recht haben. Eine merkwürdige Sache, wenn es stimmt.«
»Als ich das begriffen hatte«, fuhr Pater Brown fort, »konnte ich mir das übrige recht und schlecht zusammenreimen. Bedenken Sie vor allem, daß vorläufig die Altertumsforschung sich nur darauf erstreckte, die Untersuchung zu gestatten. Der arme alte Walters war ein ehrlicher Forscher und hatte das Grab geöffnet, um sich zu überzeugen, ob an der Legende über einbalsamierte Körper etwas Wahres war oder nicht. Alles andere waren

bloß jene Gerüchte, die oft solche Funde zu früh ausschreien oder übertreiben. Tatsächlich sah er, daß der Körper nicht einbalsamiert, sondern längst zu Staub zerfallen war. Als er beim Schein seiner einsamen Kerze in der versunkenen Kapelle arbeitete, warf das Kerzenlicht plötzlich einen Schatten, der nicht sein eigener war.«

»Ach!« rief Lady Diana und hielt den Atem an. »Jetzt weiß ich, was Sie meinen. Sie wollen damit sagen, daß wir den Mörder getroffen, mit ihm gesprochen und gescherzt, eine romantische Geschichte angehört und ihn dann ungestraft haben gehen lassen.«

»Wobei er seine geistliche Verkleidung auf dem Felsen zurückließ«, stimmte Pater Brown bei. »Es ist alles schauerlich einfach. Dieser Mensch kam dem Professor beim Wettlauf zu Kirche und Kapelle zuvor – vielleicht gerade, während der Professor mit dem melancholischen Journalisten sprach. Er traf den alten Geistlichen am offenen Grabe und tröstete ihn. Dann zog er die schwarzen Kleider des Toten an, hüllte den Leichnam in einen alten Chorrock, den man wirklich im Sarge gefunden hatte, und legte ihn in den Sarg, wobei er den Rosenkranz und die Stäbe so herrichtete, wie ich es Ihnen geschildert habe. Nachdem er so die Falle für den zweiten Feind gestellt hatte, ging er wieder ans Tageslicht und begrüßte uns alle mit der liebenswürdigen Herzlichkeit eines Landgeistlichen.«

»Er setzte sich dabei der erheblichen Gefahr aus«, wandte Tarrant ein, »daß jemand Walters vom Sehen kannte.«

»Ich gebe zu, daß er halb verrückt war«, stimmte Brown bei, »aber Sie werden zugeben, daß es sich für ihn gelohnt hat, sich der Gefahr auszusetzen, denn schließlich ist er doch entwischt.«

»Ich gebe zu, daß er großes Glück gehabt hat«, brummte Tarrant. »Wer zum Teufel ist es nun eigentlich gewesen?«

»Wie Sie sagen, hat er großes Glück gehabt«, antwortete Pater Brown, »und nicht zum wenigsten gerade darin. Denn dies eine werden wir wohl nie erfahren.«

Er blickte mit gerunzelten Brauen auf den Tisch und fuhr fort: »Der Mensch hat jahrelang auf der Lauer gelegen und gedroht, aber dabei sorgfältigst das Geheimnis seiner Identität gewahrt; und er wahrt es noch. Wenn jedoch der arme Smaill wieder aufkommt – und ich hoffe es bestimmt –, dann werden Sie wohl sicher nochmals von der Sache hören.«
»Wieso? Was wird Professor Smaill tun, glauben Sie?« fragte Lady Diana.
»Ich glaube, zuerst wird er die Detektive wie Spürhunde auf den mordlustigen Teufel hetzen«, sagte Tarrant. »Am liebsten würde ich selbst mein Glück versuchen.«
»Nun«, sagte Pater Brown und lächelte zum ersten Mal, statt die Brauen zu runzeln wie bisher, »ich glaube zu wissen, was er eigentlich zuallererst tun müßte.«
»Nämlich?« fragte Lady Diana mit anmutiger Neugier.
»Er sollte Sie alle um Verzeihung bitten«, sagte Pater Brown.
Doch darüber sprach Pater Brown nicht, als er am Bett von Professor Smaill während dessen Genesung saß. Auch war es nicht in erster Linie Pater Brown, der sprach; denn obwohl dem Professor die Aufregung einer Unterhaltung nur in kleinen Dosen erlaubt war, sprach er häufig mit seinem geistlichen Freund. Pater Brown hatte das Talent, auf anregende Art schweigen zu können, und Smaill wurde dadurch angeregt, manche seltsamen Dinge zu erörtern, über die man nicht immer leicht spricht; wie etwa über die krankhaften Phasen der Genesung und die monströsen Träume, die oft das Delirium begleiten. Es ist zuweilen ein recht zwiespältiges Geschäft, sich von einem bösen Schlag auf den Kopf zu erholen; wenn es sich dabei jedoch um einen so interessanten Kopf wie den von Professor Smaill handelt, können sogar seine Verstörungen und Verwirrungen originell und interessant sein. Seine Träume erhielten kühne und große, ziemlich ungefüge Vorstellungen, die denen der starken, aber starren

archaischen Kunst gleichen, die er studiert hatte; sie waren voller absonderlicher Heiliger mit viereckigen oder dreieckigen Heiligenscheinen, voller goldener ungewöhnlicher Kronen und Gloriolen um dunkle abgeplattete Gesichter, voller östlicher Adler und hoher Kopfputze bärtiger Männer, deren Haare wie die von Frauen aufgebunden waren. Es gab, wie er seinem Freund erzählte, nur eine einzige einfachere und weniger verwirrende Gestalt, die immer wieder in seine Erinnerungsvorstellungen zurückkam. Immer wieder verblaßte diese byzantinische Bilderwelt wie Gold in Flammen; und nichts blieb übrig als die nackte schwarze Felswand, auf die die schimmernden Umrisse des Fisches gezeichnet waren, wie mit einem Finger, der in die phosphoreszierenden Leiber der Fische getaucht war. Es war das Zeichen, das er einst gefunden hatte und das er in dem Augenblick gesehen hatte, als er zum ersten Mal hinter einer Biegung des schwarzen Ganges die Stimme seines Feindes gehört hatte.

»Endlich«, sagte er, »glaube ich einen Sinn in dem Bild und in der Stimme erkannt zu haben; und einen, auf den ich nie zuvor gekommen wäre. Warum soll es mich beunruhigen, wenn ein Verrückter unter einer Million gesunder Menschen, der in eine große Gesellschaft, die gegen ihn steht, eingeschlossen ist, sich dessen rühmt, daß er mir nachstellt oder mich bis in den Tod verfolgt? Der Mensch, der in der dunklen Katakombe das geheime Symbol Christi gezeichnet hatte, wurde auf ganz andere Art verfolgt. Er war ein einsamer Verrückter und die ganze gesunde Gesellschaft war sich einig, ihn nicht retten, sondern vernichten zu wollen. Ich habe manchmal gegrübelt und mich beunruhigt und darüber nachgedacht, wer denn mein Verfolger war; ob es Tarrant war; ob es Leonard Smyth war; ob es überhaupt einer von ihnen war. Nehmen wir an, alle seien es gewesen. Stellen wir uns vor, es seien alle die Menschen auf dem Schiff

und die Menschen im Zug und die Menschen im Dorf gewesen. Nehmen wir an, sie wären, soweit es mich betrifft, alle potentielle Mörder. Ich glaube, ich hätte ein Recht, beunruhigt zu sein, weil ich im Finstern durch die Eingeweide der Erde gekrochen war und dort einen Menschen getroffen hatte, der mich vernichten wollte. Was wäre gewesen, wenn der Vernichter oben im Tageslicht gewesen wäre und ihm die ganze Erde gehört und er alle Armeen und Massen befehligt hätte? Was wäre gewesen, wenn er in der Lage gewesen wäre, mich in meinem Loch auszuräuchern oder mich in dem Augenblick zu töten, da ich meine Nase ans Tageslicht herausstreckte? Wie wäre es, wenn man sich mit Mord in solchem Ausmaß beschäftigte? Die Welt hat diese Dinge vergessen, so wie sie bis vor kurzem den Krieg vergessen hat.«
»Ja«, sagte Pater Brown, »aber der Krieg ist gekommen. Der Fisch kann wieder in den Untergrund getrieben werden, aber er wird wieder ans Tageslicht heraufkommen. Wie der heilige Antonius von Padua humorvoll bemerkte: ›Nur die Fische überleben die Sintflut.‹«

Das Auge des Apoll

Jener einzigartige, rauchige Schimmer, der, verhüllend und erhellend, den geheimnisvollen Reiz der Themse bildet, verwandelte sich immer mehr vom Grau in glitzerndes Silber, als die Sonne sich dem Zenit über Westminster näherte und zwei Männer die Westminster-Brücke überquerten. Der eine war sehr groß und der andere sehr klein; in einem Spiel der Phantasie konnte man sie mit dem hochmütigen Glockenturm des Parlaments und dem demütigen, krummen Rücken der Abtei vergleichen, besonders da der kleine Mann Priesterkleidung trug.
Die amtliche Beschreibung des Großen lautete auf M. Hercule Flambeau, Privatdetektiv; er war auf dem Weg zu seinem neuen Büro, das in einem Neubau gegenüber dem Tor der Abtei lag. Die amtliche Beschreibung des kleinen Mannes lautete auf Hochwürden J. Brown, Priester an der St.-Franz-Xaver-Kirche in Camberwell; er war auf dem Weg von einem Sterbebett und kam, das neue Büro seines Freundes zu besichtigen.
Das Gebäude hatte in seiner wolkenkratzenden Höhe etwas Amerikanisches, und auch die geölte Vollkommenheit seiner Telefon- und Liftanlagen war amerikanisch. Aber es war noch nicht ganz fertig und stand teilweise leer. Bisher waren nur drei Mieter eingezogen; die Räume über Flambeau waren bewohnt, und die unmittelbar unter ihm; die beiden Stockwerke darüber und die drei darunter standen völlig leer. Doch der erste Blick auf dieses neue Getürm von Wohnungen wurde durch etwas ungemein Fesselndes in Bann gehalten. Abgesehen von ein paar

Überresten des Baugerüsts war das einzige Auffallende an der Außenseite jenes Büros zu sehen, das über Flambeaus Zimmer lag. Es war ein ungeheures, vergoldetes Menschenauge, das von goldenen Strahlen umgeben war und ebensoviel Platz einnahm wie zwei bis drei Bürofenster.
»Was in aller Welt ist das?« fragte Pater Brown.
»Oh, nur eine neue Religion«, erwiderte Flambeau lachend, »eine jener neuen Religionen, die einem die Sünden mit der einfachen Behauptung vergeben, man habe nie welche begangen. So etwas wie Gesundbeterei, würde ich denken. Nichts weiter, als daß ein Bursche, der sich Kalon nennt (seinen richtigen Namen kenne ich nicht, aber so kann er bestimmt nicht heißen), das Büro über mir gemietet hat. Unter mir habe ich zwei Maschinenschreiberinnen, und über mir diesen schwärmerischen Schwindler. Er nennt sich den neuen Priester des Apoll und betet die Sonne an.«
»Er soll sich in acht nehmen«, sagte Pater Brown. »Von allen Gottheiten war die Sonne am grausamsten. Aber was soll das Riesenauge dort oben?«
»Soweit ich es verstehe«, antwortete Flambeau, »lautet eine ihrer Theorien, daß der Mensch alles ertragen kann, solange sein Gemüt ruhig ist. Ihre wichtigsten Symbole sind die Sonne und das offene Auge; sie behaupten nämlich, wer wirklich gesund sei, könne sogar in die Sonne starren.«
»Wer wirklich gesund ist, käme nie auf eine solche Idee«, sagte Pater Brown.
»Ja, das ist wohl alles, was ich Ihnen über diese Religion erzählen kann«, fuhr Flambeau leichthin fort. »Natürlich gibt sie auch vor, alle körperlichen Krankheiten heilen zu können.«
»Auch jene besondere Geisteskrankheit?« fragte Pater Brown mit ernsthafter Neugier.
»Welche besondere Geisteskrankheit?« fragte Flambeau lächelnd.

»Sich für völlig gesund zu halten«, antwortete sein Freund.

Flambeau interessierte sich mehr für das ruhige, kleine Büro unter ihm als für den flammenden Tempel droben. Er war ein klardenkender Südländer, der sich nur unter Katholiken oder Atheisten etwas vorstellen konnte; neue Religionen von leuchtender und farbloser Art waren nicht nach seinem Geschmack. Ihm lag mehr das Menschliche, besonders wenn es hübsch aussah; außerdem waren die beiden jungen Damen im Stockwerk unter ihm auf ihre Art Charaktere. Das Büro gehörte zwei Schwestern, beide schlank und dunkel. Die eine war groß und auffallend; mit ihren finsteren, scharfgeschnittenen Adlerzügen gehörte sie zu den Frauen, die man sich immer im Profil vorstellt, wie die geschliffene Schneide einer Waffe. Sie schien ihren Lebensweg erzwingen zu wollen. Ihre Augen waren von überraschendem Glanz, aber es war eher der Glanz des Stahls als der des Diamanten; und ihre aufrechte, schlanke Gestalt wirkte bei aller Anmut ein wenig steif. Die jüngere Schwester konnte als ihr verkürzter Schatten gelten, ein wenig grauer, farbloser, unbedeutender. Beide trugen schwarze Bürokleidung mit schmalen Herrenmanschetten und Kragen. In den Londoner Büros gibt es Tausende solch trockener, fleißiger Damen; doch der Reiz dieser beiden lag eher in ihrer wirklichen als in ihrer scheinbaren Stellung. Denn Pauline Stacey, die ältere, war die Erbin des Wappens einer halben Grafschaft und großen Reichtums; sie war in Schlössern und Gärten aufgewachsen, bis ihr kalter Hochmut, eine häufige Eigenschaft der modernen Frauen, sie dem zugetrieben hatte, was sie für ein strengeres und höheres Leben hielt. Dabei hatte sie keineswegs auf ihr Vermögen verzichtet. Das wäre ihr als romantische und mönchische Geste erschienen, die ihrer praktischen Art ferne lag. Sie halte ihren Reichtum zusammen, pflegte sie zu sagen, um ihn für wirklich soziale

Zwecke zu verwenden. Einen Teil davon hatte sie in ihr Geschäft gesteckt, das zu einem Muster-Schreibbüro werden sollte, ein anderer Teil war auf verschiedene Gesellschaften verteilt, die der Förderung von Frauenemanzipation dienten. Wie weit Joan, ihre Schwester und Partnerin, diesen etwas prosaischen Idealismus teilte, war schwer zu sagen. Doch folgte sie Pauline mit fast hündischer Zuneigung, die in ihrem tragischen Anflug vielleicht anziehender war als der harte, hohe Sinn der Älteren. Pauline Stacey hatte keinerlei Beziehung zum Tragischen, sie schien sogar seine Existenz zu leugnen.
Ihr heftiges Temperament und ihre kalte Ungeduld hatten Flambeau bei seinem ersten Besuch im Hause sehr belustigt. Er hatte in der Eingangshalle vor der Lifttür gezögert und auf den Boy gewartet, der für gewöhnlich die Fremden zu den verschiedenen Stockwerken bringt. Aber dieses Mädchen mit den glänzenden Falkenaugen hatte es rundweg abgelehnt, sich mit einer derartigen Verzögerung abzufinden. Sie wisse genau mit Fahrstühlen Bescheid, erklärte sie scharf, und sei von Jungen nicht abhängig – und auch nicht von Männern. Obwohl ihr Büro nur im dritten Stock lag, gelang es ihr, während der paar Sekunden Fahrt, Flambeau den größten Teil ihrer Anschauungen aus dem Stegreif vorzutragen; vor allem, daß sie eine moderne, arbeitende Frau sei und moderne Arbeitsmaschinen liebe. Dabei leuchteten ihre glänzenden, schwarzen Augen in abstraktem Zorn über jene Narren, welche die mechanische Wissenschaft ablehnen und die Romantik zurücksehnen. Heutzutage müsse jeder mit Maschinen umgehen können, sagte sie, so wie sie selbst den Lift bedienen könne. Es schien ihr sogar unangenehm zu sein, daß Flambeau ihr die Lifttür öffnete; und als dieser Herr zu seinen eigenen Räumen hinaufging, lächelte er mit etwas gemischten Gefühlen über so viel leidenschaftliche Unabhängigkeit.
Zweifellos hatte sie ein scharfes, realistisches Gehabe;

die Bewegungen ihrer schmalen, feinen Hände waren schroff, beinahe destruktiv. Als Flambeau einmal wegen einer Schreibarbeit in ihr Büro kam, hatte sie gerade die Brille ihrer Schwester auf den Boden geworfen und trampelte darauf herum. Sie war mitten in einer sittlichen Tirade über »kränkliche medizinische Ansichten« und krankhaftes Eingeständnis von Schwäche, wie es die Benutzung eines solchen Gegenstands beweise. Sie verbot ihrer Schwester, je wieder solch künstliches, ungesundes Zeug mitzubringen. Sie wollte wissen, ob man etwa von ihr annehme, daß sie Holzbeine, falsche Haare oder Glasaugen trage; und dabei funkelten ihre Augen wie schrecklicher Kristall.

Flambeau, völlig verwirrt von diesem Fanatismus, konnte sich nicht zurückhalten, Miss Pauline mit direkter, französischer Logik zu fragen, warum eigentlich eine Brille ein krankhafterer Schwächebeweis sei als ein Lift, und warum uns die Wissenschaft in dem einen Fall helfen dürfe, in dem anderen aber nicht.

»Das ist doch grundverschieden«, erklärte Pauline von oben herab. »Batterien und Motoren und solche Dinge sind Kennzeichen der männlichen Kraft – ja, und auch der weiblichen, Mr. Flambeau. All diese großen Kräfte, die Entfernungen überwinden und Zeit sparen, sollen wir ruhig benutzen. Das ist erhaben und herrlich – das ist wirkliche Wissenschaft. Aber diese ekelhaften Krücken und Pflaster, welche die Ärzte verschrieben – das sind doch nur Etiketten der Feigheit. Die Ärzte kleben uns Arme und Beine an, als wären wir alle Krüppel und kranke Sklaven. Aber ich bin frei geboren, Mr. Flambeau! Die Menschen halten diese Dinge nur deshalb für notwendig, weil sie zur Furcht erzogen sind und nicht zu Macht und Mut; den Kindern wird ja schon von törichten Kindermädchen verboten, in die Sonne zu starren, und so können sie es später nicht, ohne zu blinzeln. Aber weshalb sollte unter all den Sternen einer sein, den ich nicht

ansehen darf? Die Sonne ist nicht mein Herr, und ich will sie mit offenen Augen anschauen, wann immer es mir paßt.«
»Ihre Augen werden die Sonne blenden«, sagte Flambeau mit einer fremdartigen Verbeugung. Es machte ihm immer aufs neue Spaß, dieser seltsamen, steifen Schönheit Komplimente zu sagen, zum Teil, weil es sie ein wenig aus dem Gleichgewicht brachte. Doch als er zu seinem Büro hinaufging, atmete er tief und pfiff vor sich hin, während er zu sich sagte: »Sie ist also diesem Taschenspieler mit dem vergoldeten Auge in die Hände gefallen.« Denn sowenig er auch von Kalons neuer Religion wußte oder sich darum kümmerte, von ihrem besonderen Merkmal des In-die-Sonne-Starrens hatte er schon gehört.
Bald entdeckte er, daß die geistigen Bande zwischen den Stockwerken über und unter ihm sehr fest waren und sich immer fester knüpften. Der Mann, der sich Kalon nannte, war ein herrliches Geschöpf, vom Körperlichen her durchaus wert, der Hohepriester Apolls zu heißen. Er war fast so groß wie Flambeau und sah viel besser aus mit seinem goldenen Bart, den mächtigen blauen Augen und der wehenden Löwenmähne. Der Gestalt nach war er die blonde Bestie Nietzsches, aber diese animalische Schönheit wurde durch echten Verstand und Geist erhöht, verklärt und gemildert. Wenn er schon einem der großen Sachsenkönige glich, so jedenfalls einem, der gleichzeitig ein Heiliger war. Und das alles trotz des Mißverhältnisses seiner alltäglichen Umgebung; trotz der Tatsache, daß sein Büro im mittleren Stockwerk eines Hauses in der Viktoriastraße lag; daß sein Schreiber, ein gewöhnlicher Jüngling mit Kragen und Manschetten, im Vorzimmer zwischen ihm und dem Flur saß; daß sein Name auf einem Messingschild prangte und das vergoldete Emblem seines Glaubens wie ein Optikerschild über der Straße hing. All diese Gewöhnlichkeiten konnten nichts von dem lebendigen Eindruck und der Begeisterung aus-

löschen, die von Kalons Seele und Körper ausgingen. Ja, diesen Marktschreier umwehte die Aura eines bedeutenden Mannes. Selbst in dem losen leinenen Anzug, den er im Büro trug, war er eine faszinierende, gewaltige Erscheinung. Und wenn er, in weiße Gewänder gehüllt und mit einem Goldreif gekrönt, täglich die Sonne begrüßte, sah er so herrlich aus, daß den Leuten auf der Straße das Lachen auf den Lippen erstarb. Dreimal am Tag trat dieser neue Sonnenanbeter auf seinen kleinen Balkon hinaus, um dort im Angesicht von ganz Westminster seinem strahlenden Herrn eine Litanei aufzusagen, einmal bei Tagesanbruch, einmal bei Sonnenuntergang und einmal um Punkt zwölf Uhr mittags. Und da es eben von den Türmen des Parlaments und der Pfarrkirche Mittag schlug, sah Pater Brown nach oben und erblickte zum erstenmal den weißen Priester Apolls.

Flambeau hatte dies Schauspiel oft genug gesehen und verschwand in der Vorhalle des großen Hauses, ohne sich darum zu kümmern, ob sein geistlicher Freund ihm folgte. Aber Pater Brown – sei es nun aus beruflichem Interesse am Rituellen oder aus einem mehr persönlichen Interesse an Narretei – blieb stehen und starrte zu dem Balkon des Sonnenanbeters hinauf, wie er es genauso bei einem Kasperltheater getan hätte. Der Prophet Kalon stand bereits mit silbernen Gewändern und hocherhobenen Händen da, und der Klang seiner merkwürdig durchdringenden Stimme, die pathetisch die Sonnenlitanei sprach, war bis auf die geräuschvolle Straße hinunter zu hören. Er war mitten im Gebet, die Augen fest auf die flammende Scheibe gerichtet. Es ist zweifelhaft, ob er irgend etwas oder irgend jemanden auf der Erde wahrnahm; ganz bestimmt nicht einen kümmerlichen Priester mit rundem Gesicht, der aus der Menge unten mit blinzelnden Augen zu ihm emporblickte. Darin bestand vielleicht sogar der auffallendste Unterschied zwischen diesen beiden so ungleichen Männern. Pater Brown konnte

nichts ansehen, ohne zu blinzeln; aber der Priester Apolls konnte sogar in die Mittagssonne starren, ohne mit der Wimper zu zucken.
»O Sonne«, rief der Prophet, »du Stern, der du zu groß bist, um mit den anderen Sternen gemeinsam zu wandeln! O Quelle, die ruhig in jenen geheimnisvollen Ort fließt, den man Raum nennt. Weißer Vater aller unermüdlichen weißen Dinge, der weißen Flammen und der weißen Blumen und der weißen Gipfel! Vater, der du unschuldiger bist als die unschuldigsten und friedlichsten deiner Kinder; Urreinheit, in deren Frieden –«
Ein Stürzen und Krachen wie die umgekehrte Explosion einer Rakete wurde von einem langgezogenen, schrillen Schrei durchschnitten. Fünf Leute stürzten in die Haustür hinein, während drei herausstürzten, und einen Augenblick lang bildeten sie einen unentwirrbaren Knäuel. Das Gefühl eines plötzlich hereingebrochenen Schreckens schien die halbe Straße mit Unheilsnachrichten zu füllen, die um so schlimmer waren, als niemand wußte, was eigentlich geschehen war. Nur zwei Männer blieben bei diesem Aufruhr ruhig: der schöne Priester Apolls auf dem Balkon oben und der häßliche Priester Christi unter ihm.
Nun erschien in der Haustür die hohe Gestalt Flambeaus mit ihrer titanischen Energie; sofort beherrschte er die kleine Menschenansammlung. Mit einer Stimme, die wie ein Nebelhorn dröhnte, befahl er, einen Arzt zu holen; als er wieder in dem dunklen, dicht umdrängten Eingang verschwand, schlüpfte Pater Brown völlig unbeachtet mit hinein. Und während er sich durch die Menge schlängelte, konnte er noch immer die erhabene Melodie und Monotonie des Sonnenpriesters vernehmen, der weiterhin den glücklichen Gott anrief, den Freund der Quellen und Blumen.
Pater Brown fand Flambeau und sechs andere Leute um den Schacht versammelt, in dem der Lift herunterzukom-

men pflegte. Aber nicht der Lift war heruntergekommen, sondern etwas anderes; etwas, das mit dem Lift hätte kommen sollen.

Während der letzten vier Minuten hatte Flambeau darauf niedergestarrt, hatte er die blutende Gestalt und den zerschmetterten Schädel der schönen Frau angesehen, die das Tragische verneint hatte. Er bezweifelte nicht im geringsten, daß es Pauline Stacey war; und obwohl er nach dem Arzt geschickt hatte, zweifelte er nicht im geringsten an ihrem Tode.

Er konnte sich nicht recht erinnern, ob sie ihm gefallen oder mißfallen hatte; für beides gab es so viele Gründe. Jedenfalls war sie in seinen Augen eine Persönlichkeit gewesen, und ihr Verlust, der kleine, unwichtige Züge plötzlich mit unerträglicher Macht ins Gedächtnis rief, traf ihn wie mit Dolchstichen. Er erinnerte sich ihres hübschen Gesichts und ihrer jungfräulichen Reden mit jener unvermittelten, geheimnisvollen Lebendigkeit, welche die ganze Bitterkeit des Todes enthält. In einem Augenblick, wie ein Blitz aus heiterem Himmel, wie ein Donnerkeil aus dem Nichts, war dieser schöne, stolze Körper durch den offenen Liftschacht zu Tode gestürzt. War es Selbstmord? Bei einer so ausgesprochenen Optimistin schien das unmöglich. War es Mord? Aber wer in diesen fast unbewohnten Räumen konnte sie ermordet haben? Mit heiserem Wortschwall, den er für kraftvoll hielt und der ihm plötzlich sehr schwächlich vorkam, erkundigte er sich, wo denn jener Bursche Kalon steckte. Eine schwerfällige, ruhige Stimme versicherte ihm, daß Kalon während der letzten fünfzehn Minuten draußen auf dem Balkon gestanden und seinen Gott angebetet habe. Als Flambeau diese Stimme hörte und Pater Browns Hand fühlte, wandte er ihm sein dunkles Gesicht zu und fragte schroff:

»Aber wenn er die ganze Zeit über draußen war, wer soll es denn getan haben?«

»Vielleicht sollten wir hinaufgehen und es herausfinden«, sagte der andere. »Bis zum Eintreffen der Polizei haben wir noch eine Viertelstunde Zeit.«
Flambeau ließ den Leichnam in der Obhut der Ärzte und stürzte die Treppe hinauf zu dem Schreibbüro; da niemand darin war, rannte er weiter zu seinem eigenen. Kaum hatte er es betreten, als er mit weißem Gesicht wieder zu seinem Freund zurückkehrte. »Ihre Schwester«, sagte er mit bedrückendem Ernst, »ihre Schwester scheint ausgegangen zu sein.«
Pater Brown nickte. »Vielleicht ist sie auch zu jenem Sonnenmann hinaufgegangen. An Ihrer Stelle würde ich das feststellen, und dann wollen wir in Ihrem Büro darüber reden. Nein«, fügte er schnell hinzu, als wäre ihm plötzlich etwas eingefallen, »wann werde ich endlich klüger werden? Natürlich unten, in ihrem Büro.«
Flambeau starrte ihn verständnislos an; doch er folgte dem kleinen Pater hinunter zu den leeren Räumen der Staceys, wo sich dieser unergründliche Priester in einem großen, roten Ledersessel direkt am Eingang niederließ, so daß er bequem die ganze Treppe überblicken konnte. Er brauchte nicht lange zu warten. Innerhalb von vier Minuten kamen drei Gestalten herunter, denen nur ihr feierlicher Ernst etwas Gemeinsames verlieh. Die erste war Joan Stacey, die Schwester der Toten – augenscheinlich war sie oben in dem provisorischen Tempel des Apollopriesters gewesen; die zweite war der Priester Apolls persönlich, der seine Litanei beendet hatte und in voller Pracht die leeren Treppen herabschwebte – mit seinem weißen Gewand, dem Bart und dem gescheitelten Haar erinnerte er ein wenig an Dorés Christus beim Verlassen des Prätoriums; der dritte war der leicht verstörte Flambeau, dessen Brauen finster zusammengezogen waren.
Miss Joan Stacey, dunkel, mit schlaffen Zügen und zu früh ergrautem Haar, ging direkt zu ihrem Schreibtisch und legte mit geübten Bewegungen ihre Papiere zurecht.

Diese mechanische Tätigkeit ließ die übrigen ihre Vernunft wiederfinden. Wenn Miss Joan Stacey eine Verbrecherin war, dann war sie jedenfalls eine sehr kaltblütige. Pater Brown betrachtete sie eine Weile mit seltsamem, leichtem Lächeln und sprach dann, ohne sie aus den Augen zu lassen, jemand anderen an.
»Prophet«, sagte er, womit er offenbar Kalon meinte, »ich wünschte, Sie würden mir etwas über Ihre Religion erzählen.«
»Es wäre mir eine Ehre«, sagte Kalon und neigte sein noch immer gekröntes Haupt, »aber ich bin nicht sicher, ob ich Sie richtig verstanden habe.«
»Nun, es ist so«, sagte Pater Brown in seiner offenen, aber zögernden Art. »Nach unserer Lehre ist ein Mann mit wirklich schlechten Grundsätzen zum Teil selbst daran schuld. Aber bei all dem erkennen wir doch, ob jemand sein reines Gewissen mit einem Haufen Sophistereien umnebelt hat. Also, halten Sie Mord überhaupt für etwas Böses?«
»Ist das eine Anklage?« fragte Kalon sehr ruhig.
»Nein«, antwortete Brown ebenso sanft, »es ist die Verteidigungsrede.«
Nach einer langen, überraschenden Stille erhob sich der Prophet Apolls langsam, und es war, als ob die Sonne aufginge. Er füllte das Zimmer so sehr mit Licht und Leben, daß er ebensogut die ganze Ebene von Salisbury hätte ausfüllen können. Seine von der Robe umwallte Figur schien den ganzen Raum mit klassischem Faltenwurf zu tapezieren; seine epischen Gesten schienen ihm größere Ausdehnung zu verleihen, bis die kleine, schwarze Gestalt des modernen Priesters völlig fehl am Platze schien, ein runder, schwarzer Fleck auf hellenischer Pracht.
»Endlich treffen wir uns, Kaiphas«, sagte der Prophet. »Ihre Kirche und meine sind die einzig realen auf dieser Erde. Ich bete die Sonne an, und Sie ihren Untergang; Sie sind der Priester des sterbenden, ich der des lebendigen

Gottes. Ihr Gehaben, voll Verdacht und Verleumdung, ist Ihres Rockes und Ihres Glaubens würdig! Ihre ganze Kirche ist ja nichts wie eine schwarze Polizei; Ihr seid nichts wie Spitzel und Detektive, welche die Menschen durch Verrat und Folter zu Schuldbekenntnissen zwingen wollen. Ihr wollt die Menschen ihrer Verbrechen, ich sie ihrer Unschuld überführen. Ihr wollt sie von ihren Sünden überzeugen; ich überzeuge sie von ihrer Tugend!
Leser der Bücher des Bösen, nur noch ein Wort, ehe ich Eure grundlosen Spukgestalten für immer hinwegblase. Ihr habt nicht die geringste Vorstellung, wie gleichgültig es mir ist, ob Ihr mich überführen könnt oder nicht. Was Ihr Schande oder schreckliches Henkerswerk nennt, bedeutet mir nicht mehr, als der Menschenfresser in einem Kinderbuch einem erwachsenen Mann bedeutet. Sie wollten die Verteidigungsrede halten. Mir liegt so wenig an dem Nebelland dieses Lebens, daß ich selbst die Anklagerede halten werde. In dieser ganzen Angelegenheit spricht nur eine Tatsache gegen mich, und die werde ich selbst vorbringen. Die tote Frau war meine Geliebte und meine Braut; nicht in dem Sinn, den Ihr Hohlköpfe rechtmäßig nennt, sondern nach einem reineren, strengeren Gesetz, als Ihr es je begreifen könnt. Wir beiden lebten in einer anderen Welt als Ihr, wir schritten durch Städte aus Kristall, während Ihr euch mühsam durch Tunnels und Gänge aus Backstein arbeitet. Natürlich weiß ich, daß theologische wie andre Polizisten sich immer einbilden werden, es gäbe keine Liebe ohne Haß; das also ist der erste Punkt für die Anklage. Der zweite Punkt wiegt schwerer, das verhehle ich nicht. Es war nicht nur wahr, daß Pauline mich liebte, es ist ebenso wahr, daß sie heute morgen, bevor sie starb, an diesem Tisch ein Testament gemacht und mir und meiner Kirche eine halbe Million hinterlassen hat. Los, wo sind die Handschellen? Glaubt Ihr, es kümmert mich, was Ihr mit mir vorhabt? Zuchthausstrafe bedeutet mir nicht mehr, als an einer Zwi-

schenstation auf sie zu warten. Der Galgen ist für mich nur ein durchgehender Wagen, um zu ihr zu gelangen.«
Er sprach mit der bezwingenden Überlegenheit eines Redners. Flambeau und Joan Stacey starrten ihn voll sprachloser Bewunderung an. In Pater Browns Gesicht malte sich äußerste Erschöpfung; mit schmerzhaft verzogener Stirn blickte er zu Boden. Der Sonnenprophet lehnte sich leicht an den Kaminsims und fuhr fort: »In ein paar Worten habe ich die ganze Anklage gegen mich vorgebracht – die einzig mögliche Anklage. Mit noch weniger Worten will ich sie zu Staub blasen, daß auch nicht eine Spur davon zurückbleibt. Was die Frage anlangt, ob ich das Verbrechen begangen habe, so besteht die Antwort in einem einzigen Satz: Ich kann dieses Verbrechen nicht begangen haben. Pauline Stacey stürzte fünf Minuten nach zwölf aus diesem Stockwerk in den Schacht. Hundert Leute können auf der Zeugenbank aussagen, daß ich zu jener Zeit auf meinem Balkon stand, von kurz vor zwölf bis fünfzehn Minuten danach – der üblichen Zeit meiner öffentlichen Gebete. Mein Schreiber, ein achtbarer Jüngling aus Clapham und ohne jede nähere Beziehung zu mir, wird beschwören, daß ich volle zehn Minuten vor zwölf eintraf, fünfzehn Minuten vor dem leisesten Anzeichen des Unfalls, und daß ich während der ganzen Zeit mein Büro oder meinen Balkon nicht verlassen habe. Niemand verfügt über ein so vollständiges Alibi: Ich könnte halb Westminster als Zeugen vorladen. Sie stecken die Handschellen besser wieder ein. Die Anklage ist hinfällig.
Damit aber auch kein Hauch dieses irrsinnigen Verdachts die Luft verpeste, will ich Ihnen noch mehr erzählen. Ich glaube zu wissen, wie meine unglückliche Freundin ums Leben kam. Wenn Sie wollen, können Sie mich oder meinen Glauben oder meine Philosophie dafür tadeln; aber Sie können mich nicht dafür ins Gefängnis bringen. Wer sich je mit dem Studium der höheren Wahrheiten befaßt

hat, weiß, daß schon immer gewisse Eingeweihte und Erleuchtete die Gabe des Schwebens empfangen haben – daß sie sich also frei in der Luft halten konnten. Das ist nur ein Teil jener großen Eroberung der Materie, die das Hauptelement unserer Geheimwissenschaft bildet. Die arme Pauline besaß ein leicht erregbares, ehrgeiziges Naturell. Um die Wahrheit zu sagen, sie hielt sich für tiefer in die Geheimnisse eingedrungen, als sie wirklich war; und wenn wir gemeinsam den Lift benutzten, hat sie mir oft gesagt, daß man mit genügend festem Willen auch ohne Lift leicht wie eine Feder hinabschweben könne. Ich bin fest überzeugt, daß sie in einem Augenblick der Ekstase dieses Wunder versucht hat. Ihr Wille oder ihr Glaube müssen im entscheidenden Moment versagt haben, und das niedrige Gesetz der Materie rächte sich aufs grausamste. Das ist die ganze Geschichte, meine Herren, eine traurige, Ihrer Meinung nach wohl vermessene und gottlose Geschichte, doch bestimmt kein Verbrechen; und gewiß eine Geschichte, die nichts mit mir zu tun hat. In der Sprache der Polizeigerichte wird es wohl Selbstmord heißen. In meinen Augen wird es immer ein heroischer Fehlschlag bleiben, im Dienste des wissenschaftlichen Fortschritts und des langsamen Aufstiegs zum Himmel.«
Zum erstenmal seit ihrer Bekanntschaft sah Flambeau Pater Brown als Besiegten. Noch immer saß er da und blickte mit schmerzvoll verzogenen Brauen zu Boden, als wenn er sich schämte. Man konnte sich unmöglich dem Gefühl entziehen, das des Propheten beschwingte Worte geweckt hatten: Hier war ein mittelmäßiger Kopf, der von Berufs wegen seine Mitmenschen verdächtigte, durch einen stolzeren und reineren Geist von natürlicher Freiheit und Gesundheit überwältigt worden. Pater Brown blinzelte wie in körperlicher Qual und sagte endlich: »Ja, wenn es sich so verhält, mein Herr, müssen Sie nur noch das erwähnte Testament nehmen und damit

verschwinden. Wo mag die Arme es nur gelassen haben?«
»Es wird wohl drüben auf ihrem Schreibtisch bei der Tür liegen«, sagte Kalon in jener überwältigend unschuldigen Art, die ihn völlig freizusprechen schien. »Sie sagte ausdrücklich, sie würde es heute morgen schreiben, und tatsächlich sah ich sie schreiben, als ich mit dem Lift zu meinen Räumen fuhr.«
»Stand ihre Tür denn offen?« fragte der Priester und betrachtete eine Ecke der Binsenmatte.
»Ja«, antwortete Kalon ruhig.
»Seitdem ist sie also offen gewesen«, sagte der andere und studierte weiter schweigend die Matte.
»Hier drüben liegt ein Blatt Papier«, sagte die grimmige Miss Joan mit etwas merkwürdiger Stimme. Sie war zum Schreibtisch ihrer Schwester hinübergegangen und hielt einen Bogen blaues Kanzleipapier in der Hand. Auf ihrem Gesicht lag ein säuerliches Lächeln, das für diese Gelegenheit etwas unpassend schien, und Flambeau blickte sie finster an.
Der Prophet Kalon hielt sich mit derselben königlichen Selbstverständlichkeit, die er bisher zur Schau getragen hatte, von dem Papier fern. Aber Flambeau nahm es ihr aus der Hand und las es mit wachsender Verwirrung. Es begann wie ein gewöhnliches Testament, doch nach den Worten »Ich schenke und vermache alles, was ich bei meinem Tode besitze«, brach die Schrift plötzlich mit einem Gekritzel ab, und von dem Namen des Erben fehlte jede Spur. Verwundert gab es Flambeau seinem Freund, der nur einen Blick darauf warf und es schweigend dem Sonnenpriester reichte.
Einen Augenblick später hatte dieser Hohepriester in den glänzenden, wallenden Gewändern mit zwei großen Schritten den Raum durchmessen und sich vor Joan aufgepflanzt, wobei ihm die blauen Augen aus dem Kopf zu treten schienen.

»Welchen Gaunerstreich haben Sie hier verübt?« schrie er. »Das ist nicht alles, was Pauline geschrieben hat.«
Zu aller Erstaunen war es eine völlig neue Stimme, die da in schrillem Yankee-Englisch sprach; wie ein Mantel waren all seine Größe und seine gewählte Aussprache von ihm abgefallen.
»Sonst liegt nichts auf dem Schreibtisch«, sagte Joan, die ihn mit demselben mißgünstigen Lächeln fest ansah.
Plötzlich brach der Mann in Gotteslästerungen und einen Schwall von Flüchen aus. Es war erschütternd, zu sehen, wie er seine Maske fallen ließ – als ob das wirkliche Gesicht eines Menschen abfiele.
Als er vom Fluchen außer Atem war, schrie er in breitestem Amerikanisch: »Hören Sie! Ich mag ein Abenteurer sein, aber Sie sind eine Mörderin. Ja, Gentleman, da haben Sie den Tod in Ihrem Sinne erklärt und ohne jedes Schweben. Das arme Ding schreibt sein Testament zu meinen Gunsten: da kommt ihre verfluchte Schwester herein, ringt mit ihr um die Feder, zerrt sie zum Schacht und wirft sie hinunter, ehe sie fertigschreiben kann. Verdammt! Wir werden die Handschellen doch noch brauchen.«
»Wie Sie richtig bemerkt haben«, entgegnete Joan mit verächtlicher Ruhe, »ist Ihr Schreiber ein sehr ehrbarer junger Mann, der die Bedeutung eines Eides kennt; er kann vor jedem Gerichtshof beschwören, daß ich in Ihrem Büro mit einer Schreibarbeit beschäftigt war, fünf Minuten bevor und fünf Minuten nachdem meine Schwester abstürzte. Mr. Flambeau wird Ihnen bestätigen, daß er mich dort fand.«
Alle schwiegen.
»Demnach«, rief Flambeau, »war Pauline allein, als sie hinabstürzte, und es war Selbstmord.«
»Sie war allein«, sagte Pater Brown, »aber es war kein Selbstmord.«
»Aber wie starb sie denn?« fragte Flambeau ungeduldig.

»Sie wurde ermordet.«
»Aber sie war doch ganz allein«, widersprach der Detektiv.
»Sie wurde ermordet, obwohl sie ganz allein war«, antwortete der Priester.
Alle starrten ihn an, doch er verharrte weiter in seiner niedergeschlagenen Haltung, mit einer Falte auf der runden Stirn und einem Ausdruck von unpersönlicher Scham und Sorge; seine Stimme klang farblos und traurig.
»Was ich wissen möchte«, rief Kalon mit einem Fluch, »wann kommt die Polizei, um diese blutbefleckte, gottlose Schwester zu holen! Sie hat ihr Fleisch und Blut umgebracht; sie hat mir eine halbe Million geraubt, die mir so rechtmäßig gehörte wie –«
»Komm, komm, Prophet«, unterbrach ihn Flambeau nicht ohne Hohn; »denke daran, daß die ganze Welt nur eine Nebelbank ist!«
Der Hierophant des Sonnengottes versuchte wieder seine alte Pose einzunehmen. »Es ist ja nicht nur des Geldes wegen«, rief er, »obwohl damit unsere Sache in der ganzen Welt auf eine sichere Grundlage gestellt würde. Es handelt sich auch um die Wünsche meiner Geliebten. Für Pauline war das alles heilig. In Paulines Augen –«
Pater Brown sprang so heftig auf, daß er seinen Stuhl umwarf. Er war totenblaß, schien aber von Hoffnung entflammt; seine Augen leuchteten.
»Das ist es«, rief er mit klarer Stimme. »Das ist der richtige Anfang. In Paulines Augen –«
In fast tödlicher Verwirrung wich der große Prophet vor dem kleinen Priester zurück. »Was meinen Sie? Wie können Sie es wagen?« rief er immer wieder.
»In Paulines Augen«, wiederholte der Priester, dessen eigene immer stärker leuchteten. »Reden Sie weiter – in Gottes Namen reden Sie weiter! Auch das gemeinste Verbrechen, das der Teufel je eingab, wird durch ein Geständnis leichter; ich flehe Sie an: bekennen Sie. Spre-

chen Sie weiter, sprechen Sie endlich weiter – in Paulines Augen –«

»Laß mich fort, du Teufel«, brüllte Kalon, der sich wie ein gefesselter Riese wand. »Wer bist du, verdammter Spion, der seine Spinnennetze um mich zieht und mir auflauert? Laß mich fort.«

»Soll ich ihn aufhalten?« fragte Flambeau und lief zur Tür, die Kalon bereits aufgerissen hatte.

»Nein, lassen Sie ihn laufen«, sagte Pater Brown mit einem seltsam tiefen Seufzer, der aus den Tiefen des Weltalls zu kommen schien. »Lassen Sie Kain laufen, denn er gehört Gott.«

Schweigen herrschte im Zimmer, als der Sonnenpriester gegangen war, ein Schweigen, das Flambeaus ungestümen Geist mit endloser Neugier quälte. Miss Joan Stacey ordnete völlig gelassen die Papiere auf ihrem Schreibtisch.

»Pater«, begann Flambeau endlich, »meine Pflicht, nicht nur meine Neugier, veranlaßt mich herauszufinden, wer das Verbrechen begangen hat.«

»Welches Verbrechen?« fragte Pater Brown.

»Natürlich das, mit dem wir es zu tun haben«, erwiderte sein ungeduldiger Freund.

»Wir haben es mit zwei Verbrechen zu tun«, sagte Pater Brown: »Verbrechen von völlig verschiedenem Gewicht – und mit völlig verschiedenen Verbrechern.«

Miss Joan Stacey, die ihre Papiere zusammengelegt und weggeräumt hatte, machte sich nun daran, den Aktenschrank zu verschließen. Pater Brown beachtete sie so wenig wie sie ihn und fuhr fort:

»Beide Verbrechen richteten sich gegen dieselbe Schwäche derselben Person, im Kampf um ihr Geld. Der Urheber des großen Verbrechens fand seinen Plan durch das kleinere Verbrechen durchkreuzt; der Urheber des kleinen Verbrechens bekam das Geld.«

»Oh, halten Sie keine Vorlesung«, stöhnte Flambeau, »sagen Sie es mit ein paar Worten.«

»Ich kann es mit einem Wort sagen«, antwortete sein Freund.
Miss Joan Stacey stülpte sich mit sachlich-düsterem Stirnrunzeln ihren sachlich-düsteren Hut auf den Kopf, und während die Unterhaltung weiterging, ergriff sie ohne Hast Handtasche und Schirm und verließ das Zimmer.
»Die Wahrheit liegt in einem einzigen Wort, sogar in einem sehr kurzen«, sagte Pater Brown. »Pauline Stacey war blind.«
»Blind?« wiederholte Flambeau und erhob sich langsam zu voller Höhe.
»Es lag in der Familie. Ihre Schwester wollte eine Brille tragen, aber Pauline erlaubte es nicht; sie hatte nun einmal die besondere Philosophie oder Schrulle, daß man solche Schwächen nicht durch Nachgeben ermutigen dürfe. Sie wollte die Trübung nicht zugeben und versuchte, sie durch ihren Willen zu vertreiben. Durch diese Anstrengung verschlechterten sich ihre Augen immer mehr; doch die größte Anstrengung sollte erst kommen. Sie kam durch diesen unbezahlbaren Propheten, oder wie er sich nennt, der sie lehrte, mit bloßem Auge in die heiße Sonne zu starren. Das hieß: Apoll empfangen. Oh, wären diese Neuheiden wenigstens Altheiden, dann wären sie ein wenig klüger! Die alten Heiden wußten, daß reine, nackte Naturverehrung ihre grausamen Seiten hat, daß das Auge Apolls versengen und blenden kann.«
Nach kurzer Pause fuhr der Priester mit leiser, fast gebrochener Stimme fort: »Ich weiß nicht, ob dieser Teufel sie vorsätzlich blind machte, aber es besteht kein Zweifel, daß er ihre Blindheit benutzte, um sie zu töten. Wie Sie wissen, fuhren die beiden mit diesen selbsttätigen Fahrstühlen; Sie wissen auch, wie sanft und geräuschlos die Fahrstühle dahinglitten. Kalon ließ das Mädchen aussteigen und sah durch die offene Tür, wie sie in ihrer bedächtigen Blindenart das versprochene Testament schrieb.

Fröhlich rief er ihr zu, daß er den Fahrstuhl für sie stehen lasse, und sie solle herauskommen, wenn sie fertig sei. Dann drückte er auf den Knopf und glitt lautlos zu seinem eigenen Stockwerk hinauf, trat durch das Büro hinaus auf den Balkon und betete in aller Sicherheit vor der belebten Straße, während das arme Mädchen, als es fertig war, froh hinauslief, wo ihr Liebhaber und der Fahrstuhl auf sie warteten, und stieg –«
»Hören Sie auf!« rief Flambeau.
»Der Druck auf jenen Knopf sollte ihm eine halbe Million einbringen«, fuhr der kleine Pater in dem farblosen Ton fort, mit dem er solche Scheußlichkeiten berichtete; »aber es ging schief. Es mißlang, weil zufällig eine andere Person da war, die ebenfalls das Geld wollte und die ebenfalls das Geheimnis von Paulines Blindheit kannte. Offenbar hat niemand bemerkt, daß mit diesem Testament etwas nicht stimmte: obwohl es unvollendet und ohne Unterschrift war, hatten die andere Miss Stacey und ein Dienstbote es bereits als Zeugen unterschrieben. Mit der typischen weiblichen Mißachtung gesetzlicher Formen hatte Joan es schon vorher unterschrieben und ihrer Schwester erklärt, sie könne es ja später fertigmachen. Also wollte Joan, daß ihre Schwester das Testament ohne die Anwesenheit von Zeugen unterschrieb. Warum das? Ich dachte an ihre Blindheit, und plötzlich begriff ich alles: Pauline sollte nur deshalb ohne Zeugen unterzeichnen, weil sie überhaupt nicht unterzeichnen sollte.
Leute wie die Staceys benutzten immer Füllfederhalter; aber bei Pauline war es besonders selbstverständlich. Durch Gewohnheit, festen Willen und Gedächtnis konnte sie beinahe so gut wie früher schreiben; aber sie wußte nicht, wann die Tinte zu Ende war. Deshalb wurden ihre Füllfederhalter immer sorgfältig von ihrer Schwester gefüllt – alle mit Ausnahme dieses einen. Diesen füllte Joan vorsorglich nicht; die Tinte reichte gerade noch für ein paar Zeilen und versiegte dann völlig. Und

der Prophet verlor fünfhunderttausend Pfund und beging einen der brutalsten und genialsten Morde in der menschlichen Geschichte um nichts.«
Flambeau ging zu der offenen Tür und hörte, wie die Polizeibeamten die Treppe heraufkamen. Er drehte sich um und sagte: »Sie müssen alles teuflisch genau verfolgt haben, um Kalon in zehn Minuten zu entlarven.«
Pater Brown blickte ihn erstaunt an.
»Oh, Kalon«, sagte er. »Nein; ich mußte ziemlich scharf überlegen, bis mir alles über Miss Joan und die Füllfeder klar wurde. Daß Kalon der Verbrecher war, wußte ich schon, bevor ich das Haus betrat.«
»Sie scherzen!« rief Flambeau.
»Nein, es ist mein Ernst«, antwortete der Priester. »Ich sage Ihnen, ich wußte, daß er es getan hatte, bevor ich überhaupt wußte, worum es sich handelte.«
»Aber wieso denn?«
»Diese heidnischen Stoiker«, sagte Brown nachdenklich, »versagen immer durch ihre Stärke. Der Krach und der Schrei waren auf der ganzen Straße zu hören, doch der Priester Apolls bekümmerte sich überhaupt nicht darum. Ich wußte nicht, was geschehen war; aber mir war klar, daß er, was immer es war, darauf gewartet hatte.«

Das Verhängnis der Darnaways

Zwei Landschaftsmaler betrachteten eine Landschaft, die auch ein Seestück war. Beide empfingen davon einen sonderbaren, wenn auch nicht den gleichen Eindruck. Der eine, der als Maler in London einen wachsenden Ruf genoß, empfand sie neu und fremdartig. Dem anderen, einem ansässigen Künstler mit mehr als örtlichem Ruhm, war sie besser bekannt, aber vielleicht um so fremder durch alles, was er von ihr wußte.
In Farbe und Form, unter welchem Gesichtspunkt die beiden Männer sie sahen, lag da ein Strich Sand gegen einen Strich Sonnenuntergang, das Ganze in Streifen düsterer Farben, einem toten Grün und Bronze und Braun und einem Dunkelgelb, das nicht nur matt war, sondern in der Dämmerung geheimnisvoller wirkte als Gold. Unterbrochen wurden diese geraden Linien nur durch ein langgestrecktes Gebäude, das von den Feldern in den Sand des Meeres verlief, so daß sein Saum aus trübseligem Unkraut und Rohr fast an das Seegras stieß. Seine ganz besondere Eigenart war jedoch, daß der obere Teil dem Umriß einer Ruine glich, die von so vielen breiten Fenstern und großen Rissen durchbrochen war, daß sie wie ein bloßes dunkles Gerippe gegen das ersterbende Licht aussah, während der untere Teil des Gebäudes überhaupt keine Fenster hatte, denn die meisten waren blind und vermauert, und ihre Umrisse im Zwielicht nur schwach erkennbar. Ein Fenster aber war wenigstens noch heil und unbeschädigt geblieben, und am sonderbarsten schien, daß es erleuchtet war.

»Wer in aller Welt lebt wohl in dem alten Gehäuse?« rief der Londoner, ein großer, wie ein Bohemien aussehender Mann, der noch jung war, aber durch seinen buschigen roten Bart älter aussah. In Chelsea war er unter dem Namen Harry Payne bekannt.

»Gespenster, könnte man meinen«, erwiderte sein Freund Martin Wood. »Nun, die Leute, die da drin wohnen, sind fast Gespenster.«

Vielleicht war es ein Paradoxon, daß der Künstler aus London in seiner lärmenden Frische und Neugierde fast bäuerlich wirkte, während der Landmaler weiser und erfahrener schien und ihm mit reifer und gutmütiger Belustigung zuhörte. Er schien überhaupt ruhiger und konventioneller in seiner dunklen Kleidung und mit seinem viereckigen, glattrasierten und schwerfälligen Gesicht.

»Es ist natürlich nur ein Zeichen der Zeit«, fuhr er fort, »oder des Zerfalls der alten Zeit und der alten Familien. In diesem Hause wohnen die letzten Abkömmlinge der großen Darnaways; nicht viele der neuen Armen sind so arm wie sie. Sie können es sich nicht einmal leisten, ihr eigenes Obergeschoß in wohnlichen Zustand bringen zu lassen, sondern müssen in den unteren Zimmern einer Ruine wohnen, wie Fledermäuse und Eulen. Trotzdem haben sie Familienbilder, die bis auf den Krieg der Rosen und die älteste Porträtmalerei in England zurückgehen, und davon sind einige sehr schön; ich weiß es zufällig, weil sie bei der Durchsicht meinen fachmännischen Rat eingeholt haben. Eins davon, eines der ältesten, ist besonders gut, so gut, daß man eine Gänsehaut bekommt, wenn man es ansieht.«

»Die kann man wohl in dem Haus überhaupt leicht bekommen, nach dem Äußeren zu schließen«, erwiderte Payne.

»Ja«, sagte sein Freund, »so ist es, wenn ich aufrichtig sein soll.« In dem Schweigen, das folgte, hörten sie ein schwaches Rauschen im Schilf; und verständlicherweise zuck-

ten sie zusammen, als eine dunkle Gestalt schnell, fast wie ein aufgeschreckter Vogel am Ufer dahinstrich. Es war aber nur ein Mensch, der mit einer schwarzen Reisetasche in der Hand hurtig ausschritt, ein Mann mit langem bleichem Gesicht und stechenden Augen, die den Fremden aus London mit etwas argwöhnischem und mißtrauischem Blick verfolgten.
»Es ist nur Dr. Barnet«, sagte Wood mit erleichterter Stimme. »Guten Abend, Doktor. Gehen Sie ins Haus? Ich hoffe, daß niemand krank ist.«
»In einem solchen Haus ist immer jemand krank«, brummte der Arzt, »manchmal sind sie nur zu krank, um es zu wissen. Schon die Luft da drin ist Gift und Pestilenz. Ich beneide den jungen Mann aus Australien nicht.«
»Und wer«, sagte Payne unvermittelt und etwas zerstreut, »wer ist das, der junge Mann aus Australien?«
»So«, schnob der Doktor, »hat Ihnen Ihr Freund nicht von ihm erzählt? Ich glaube sogar, daß er heute ankommt. Eine romantische Angelegenheit, ganz im alten Stil des Melodramas. Der Erbe kehrt aus den Kolonien in sein zerfallenes Schloß zurück. Nichts fehlt, nicht einmal der alte Familienpakt, wonach er die Dame heiraten muß, die im efeubesponnenen Turm Ausschau hält. Alter Quatsch, nicht wahr? Aber manchmal trifft das wirklich ein. Er hat sogar ein bißchen Geld, der einzige Lichtstrahl in dieser Sache.«
»Und wie denkt Fräulein Darnaway in dem efeubesponnenen Turm selbst darüber?« fragte Martin Wood trokken.
»Was sie nunmehr über alles auf der Welt denkt«, erwiderte der Arzt. »In dieser bemoosten Höhle, die voll Aberglauben steckt, denkt man überhaupt nicht viel nach, man träumt und läßt sich treiben. Ich glaube, daß sie den Familienvertrag und den Gatten aus den Kolonien als Teil vom Verhängnis der Darnaways ansieht. Ich glaube, wenn er ein buckliger Neger mit einem Auge und mörderischen

Neigungen wäre, so würde sie auch nur finden, daß dieser letztere Zug sehr gut in diese düstere Inszenierung paßt.«
»Sie geben meinem Londoner Kollegen kein sehr heiteres Bild von meinen Freunden auf dem Lande«, sagte Wood lachend. »Ich wollte dort mit ihm einen Besuch machen; ein Künstler sollte es nicht versäumen, sich die Darnawayschen Bilder anzusehen, wenn sich die Gelegenheit bietet. Aber vielleicht sollte ich das lieber aufschieben, wenn gerade die Invasion aus Australien stattfindet.«
»Nein, um Gottes willen, gehen Sie nur hinein und machen Sie Ihren Besuch«, sagte Dr. Barnet mit Wärme. »Alles, was ihr zerstörtes Leben aufheitert, erleichtert mir meine Aufgabe. Es wird sehr viele Vettern aus den Kolonien brauchen, um Leben in die Bude zu bringen, meine ich, je mehr, desto besser. Kommen Sie, ich führe Sie selbst hinein.«
Als sie sich dem Hause näherten, sahen sie, daß es wie eine Insel in einem Graben mit faulendem Wasser stand, den sie auf einer Brücke überschritten. Auf der anderen Seite dehnte sich eine ziemlich breite Steinterrasse aus, mit großen Sprüngen, aus denen hier und da kleine Büschel Unkraut emporwuchsen. Diese Felsenplattform sah im grauen Zwielicht groß und kahl aus, und Payne hätte es nicht für möglich gehalten, daß ein so kleiner Raum soviel von der Seele der Wüste enthalten könne. Die Plattform verlief nur nach einer Seite, wie eine Riesenstufe, und dahinter war die Türe; ein niedriger, mittelalterlicher Torbogen, der offenstand, aber dunkel war wie eine Höhle.
Als der muntere Arzt sie ohne Förmlichkeit hineinführte, empfing Payne wiederum einen deprimierenden Eindruck. Er war darauf gefaßt gewesen, einen stark zerstörten Turm auf einer sehr engen Wendeltreppe ersteigen zu müssen; in diesem Fall aber führten die ersten Schritte ins Haus abwärts. Sie gingen mehrere kurze und geborstene

Stufen hinunter, in große, dämmrige Zimmer, die ohne ihre dunklen Bilder und verstaubten Bücherregale ausgesehen hätten wie die traditionellen Gefängnisse unter dem Schloßgraben. Hier und dort erleuchtete eine Kerze in einem alten Leuchter das verstaubte, baufällige Denkmal einer toten Pracht, aber der Gast empfing einen stärkeren, wenn auch traurigeren Eindruck von dem einen blassen Schein des natürlichen Lichtes. Während er den Saal durchschritt, sah er das einzige Fenster, das die Wand aufwies, ein merkwürdiges, niedriges Oval im Stil des späten siebzehnten Jahrhunderts. Das Sonderbare aber war, daß es nicht nach dem Himmel ging, sondern nur dessen Spiegelbild zeigte: einen schmalen Streifen Tageslicht, der vom Graben zurückgeworfen wurde und vom Ufer beschattet war. Payne erinnerte sich an die Dame von Shallot, die stets die Welt nur im Spiegel sah. Die Dame dieses Shallot sah die Welt nicht nur im Spiegel, sondern sogar verkehrt.
»Es sieht aus, als stürzte das Haus der Darnaways nicht nur im bildlichen, sondern im wörtlichen Sinne«, sagte Wood leise. »Als ob es langsam in einem Sumpf oder im Treibsand versänke, bis die See es wie ein grünes Dach bedeckt.«
Selbst der robuste Arzt zuckte ein wenig zusammen, denn es näherte sich schweigend eine Gestalt. Der Raum war so still, daß sie alle überrascht wurden von der Erkenntnis, er sei nicht leer. Drei Personen waren in dem Raum, als sie eintraten; alle drei in Schwarz und wie dunkle Schatten anzusehen. Wie sich die erste Gestalt dem grauen Licht des Fensters näherte, zeigte sie ein Gesicht, das fast so grau war wie der Rahmen des Haares. Es war Vine, der alte Verwalter, der seit dem Tode des überspannten Lord Darnaway Vaterstelle vertrat. Ohne Zähne wäre er ein schöner Greis gewesen. So aber hatte er einen, der dann und wann sichtbar wurde und ihm ein unheilvolles Aussehen verlieh. Er empfing den Arzt und seinen

Freund mit großer Höflichkeit und geleitete sie zu den anderen beiden schwarzen Gestalten, die saßen. Eine trug nach Paynes Meinung zu der altertümlichen und düsteren Atmosphäre des Schlosses durch den Umstand bei, daß sie ein katholischer Priester war, wie er in alten dunklen Zeiten aus einer Priesterzelle hätte hervortreten können. Payne konnte sich vorstellen, wie er Gebete murmelte, oder Glocken läutete, oder eine Anzahl andere unbestimmte und traurige Dinge in dem traurigen Hause vornahm. Im Augenblick hatte er vielleicht der Dame kirchlichen Trost erteilt; aber es war schwer, sich vorzustellen, daß die Tröstungen der Kirche sehr trostreich oder sehr aufheiternd ausgefallen waren. Im übrigen sah er ganz unbedeutend aus, mit unschönen, ausdruckslosen Gesichtszügen. Nicht so die Dame. Ihr Gesicht, weit davon entfernt, unschön oder unbedeutend zu wirken, hob sich vom dunklen Hintergrund ihres Kleides und ihrer Haare mit einer Blässe ab, die fast furchtbar wirkte, aber auch mit einer Schönheit, die aufs furchtbarste lebendig schien. Payne sah sie lange an, als er dies wagte. Es war ihm bestimmt, sie noch viel länger anzusehen, bevor er starb.
Wood tauschte mit seinen Bekannten nur die freundlichen und höflichen Phrasen, die nötig waren, um seinen Wunsch nach Besichtigung der Bilder vorzubringen. Er bat um Entschuldigung, daß er an einem Tag käme, an dem, wie er gehört hatte, ein Familienempfang gefeiert werden sollte; bald aber mußte er sich davon überzeugen, daß die Familie eigentlich erleichtert war, daß Fremde anwesend waren, denn das würde sie zerstreuen oder den Schreck der Überraschung mildern. Er zögerte also nicht länger, sondern führte Payne durch den mittleren Empfangssaal in die Bibliothek, wo das Bildnis hing. Denn eines der Bilder zu zeigen, war er besonders bedacht, nicht nur als Bild, sondern vielleicht eher noch als ein Rätsel. Der kleine Priester trabte mit. Er schien von alten Bildern wie von alten Gebeten einiges zu verstehen.

»Ich bin stolz darauf, das hier entdeckt zu haben«, sagte Wood. »Ich halte es für einen Holbein. Wenn es keiner ist, so muß zu Holbeins Zeit jemand gelebt haben, der größer war als Holbein selbst.«
Es war ein Porträt in der harten, aber aufrichtigen und lebendigen Manier der damaligen Zeit; es stellte einen Mann in einem schwarzen Gewande dar, das mit Gold und Pelz verbrämt war; das Gesicht war schwer, voll, etwas bleich, mit spähenden Augen.
»Wie schade, daß die Kunst nicht immer auf diesem Übergangspunkt stehenbleiben konnte«, rief Wood aus, »um nie mehr weiteren Untergängen unterworfen zu werden! Sehen Sie nicht, daß es gerade realistisch genug ist, um wirklich zu sein? Sehen Sie nicht, daß jenes Gesicht um so sprechender wirkt, weil es sich in einem steiferen Rahmen von weniger wichtigen Details abhebt? Und die Augen wirken noch wirklicher als das Gesicht. Mein Gott, die Augen sind fast zu wirklich für das Gesicht! Als ob die schlauen, schnellen Augäpfel aus einer bleichen Maske hervorträten.«
»Mir scheint, daß die Gestalt auch etwas Steifes hat«, sagte Payne. »Als das Mittelalter endete, hatte man wohl noch nicht genügend Kenntnisse in der Anatomie, wenigstens im Norden nicht. Das linke Bein ist doch wohl recht verzeichnet.«
»Das weiß ich nicht«, antwortete Wood ruhig. »Die Leute, die malten, als der Realismus begann und bevor man ihn übertrieb, waren oft realistischer, als wir denken. Sie gaben Dingen, die wir für konventionell halten, porträtistische Bedeutung. Sie werden vielleicht sagen, daß die Augenbrauen oder Augenhöhlen dieses Menschen schief sind; aber wenn Sie ihn gekannt hätten, wüßten Sie sicher, daß die eine Augenbraue wirklich höher hinaufreichte als die andere. Es sollte mich gar nicht wundern, wenn er tatsächlich lahm oder sowas ähnliches war, und der Maler das Bein wirklich krumm zeichnen *wollte*.«

»Wie ein alter Teufel sieht er aus!« brach Payne plötzlich los. »Ich bitte Euer Ehrwürden, meine Sprache zu entschuldigen.«
»Danke, aber ich glaube an den Teufel«, erwiderte der Priester mit undurchdringlichem Gesicht. »Sonderbarerweise gibt es eine Legende, wonach der Teufel lahm sein soll.«
»Nun erlauben Sie mal«, widersprach Payne, »Sie wollen doch nicht sagen, daß das hier der Teufel war? Aber wer zum Teufel war er denn?«
»Er war der Lord Darnaway unter Heinrich dem Siebenten und Heinrich dem Achten«, erwiderte sein Begleiter. »Aber auch über ihn gibt es merkwürdige Legenden. Auf eine nimmt die Inschrift auf dem Rahmen da oben Bezug, und auch in einem Buch habe ich sie hier erwähnt gefunden. Beides liest sich sehr sonderbar.«
Payne beugte sich vor, um die Inschrift zu lesen, die rings um den Rahmen lief. Abgesehen von den altmodischen Buchstaben und der Rechtschreibung schien es eine Art Reim zu sein, der etwa so lautete:

»Im siebenten Erben er wiederkehrt,
In der siebenten Stunde macht er sich fort,
Dann folgt ihm niemand von diesem Ort,
Und wehe ihr, der sein Herz gehört.«

»Es klingt schaurig«, sagte Payne, »aber vielleicht kommt das daher, daß ich kein Wort davon verstehe.«
»Auch wenn man es versteht, ist es recht schaurig«, sagte Wood mit leiser Stimme. »In dem alten Buch, das ich hier fand, steht verzeichnet, daß der reizende Kerl hier sich mit Überlegung so umgebracht hat, daß seine Frau als Mörderin hingerichtet wurde. Ein zweiter Hinweis erwähnt eine jüngere Tragödie, sieben Erbfolgen später unter der Regierung König Georgs. Damals hat ein anderer Darnaway Selbstmord begangen, aber vorher nicht vergessen, im Becher seiner Frau etwas Gift zurückzulassen.

Es heißt, daß beide Selbstmorde um sieben Uhr abends stattgefunden haben. Vermutlich muß man daraus schließen, daß er wirklich mit jedem siebenten Erben zurückkehrt und, wie der Reim andeutet, jeder Dame, die töricht genug ist, ihn zu heiraten, etwas Unangenehmes antut.«
»Wenn das gelten soll«, erwiderte Payne, »wird es der nächste Siebente nicht sehr leicht haben.«
Woods Stimme klang noch leiser, als er antwortete:
»Der neue Erbe wird der siebente sein.«
Harry Payne richtete sich plötzlich auf und wölbte die breite Brust wie ein Mann, der sich einer Last entledigt.
»Was reden wir alle für verrücktes Zeug zusammen?« rief er. »Ich hoffe, daß wir alle gebildete Menschen in einem Zeitalter der Aufklärung sind. Bevor ich in diese verdammt dumpfe Luft kam, hätte ich es nie für möglich gehalten, daß man über solche Dinge reden könnte, außer um sich darüber lustig zu machen.«
»Sie haben recht«, sagte Wood. »Wenn Sie lange genug in diesem unterirdischen Schloß gelebt hätten, würden Sie alles anders ansehen. Ich selbst fange an, sehr merkwürdige Dinge von diesem Bild zu denken, da ich es so oft in der Hand gehabt und selbst aufgehängt habe. Manchmal schien es mir, als sei das gemalte Gesicht lebendiger als die toten Gesichter der Menschen, die hier leben; als sei es eine Art Talisman oder Magnet; als beherrsche es die Elemente und bestimme das Schicksal von Menschen und Dingen. Wahrscheinlich werden Sie sagen, daß ich recht phantasievoll bin.«
»Was ist das für ein Geräusch?« rief Payne plötzlich aus.
Sie lauschten alle, und außer dem dumpfen Donnern der fernen See schien es kein Geräusch zu geben; dann hörten sie, daß sich etwas andres hineinmischte, wie eine Stimme, die durch die Brandung tönte; zuerst von der Brandung noch gedämpft, kam sie näher und näher. Im nächsten Augenblick waren sie gewiß: jemand rief da draußen in der Dämmerung.

Payne wandte sich zu dem niedrigen Fenster hinter ihm und bückte sich, um hinauszusehen. Es war das Fenster, von dem aus man nichts erblicken konnte als den Graben mit seinem Spiegelbild von Ufer und Himmel. Aber diese auf den Kopf gestellte Aussicht war nicht dieselbe, die er früher gesehen hatte. Von dem hängenden Schatten des Ufers im Wasser gingen zwei andre dunkle Schatten hinunter, die von den Füßen und Beinen einer Gestalt auf dem Ufer zurückgeworfen wurden. Durch den begrenzten Spalt konnten sie nichts sehen als die beiden Beine, die sich gegen das Spiegelbild eines bleichen und fahlen Sonnenunterganges schwarz abhoben. Aber die bloße Tatsache, daß der Kopf unsichtbar blieb, wie in den Wolken, lieh dem Ton, der nun folgte, etwas Entsetzliches: der Stimme eines Mannes, der laut etwas rief, was sie nicht richtig hören oder verstehen konnten. Payne besonders blickte mit verändertem Gesicht aus dem kleinen Fenster und sprach mit veränderter Stimme.
»Wie sonderbar er dasteht!«
»Nein, nein«, beruhigte Wood ihn flüsternd. »Im Wasser gespiegelt, sieht das oft so aus. Sie glauben das nur, weil das Wasser sich bewegt.«
»Er glaubt was?« fragte der Priester kurz.
»Daß sein linkes Bein krumm ist«, erwiderte Wood.
Payne hatte das ovale Fenster wie eine Art geheimnisvollen Spiegel betrachtet. Seiner Ansicht nach enthielt es noch andre rätselhafte Symbole des Verhängnisses. Er sah noch etwas neben der Gestalt, was er nicht verstand: drei dünnere Beine, die sich in dunklen Linien gegen das Licht abhoben, als stünde eine ungeheure dreibeinige Spinne oder ein Vogel neben dem Fremden Dann hatte er den weniger überspannten Einfall eines Dreifußes, wie ihn die heidnischen Orakel benutzten – und im nächsten Augenblick war das Ding verschwunden, und die Beine der menschlichen Gestalt bewegten sich aus dem Bilde.
Als er sich umwandte, begegnete er dem bleichen Gesicht

des alten Verwalters Vine, dessen Mund offenstand, begierig zu sprechen, so daß der einzige Zahn sichtbar war.
»Er ist da«, sagte er. »Das Schiff ist heute früh aus Australien angekommen.«
Schon als sie von der Bibliothek aus den mittleren Saal betraten, hörten sie die Schritte des Fremden, der die Eingangsstufen herunterklapperte. Hinter ihm folgten verschiedene Stücke Handgepäck. Als Payne eines davon erblickte, lachte er vor Erleichterung. Sein Dreifuß war nichts als die drei Beine einer tragbaren Kamera, die leicht ein- und auszupacken war, und der Mann, der sie trug, schien ebenso vertraute und normale Eigenschaften anzunehmen. Er war dunkel gekleidet, etwas salopp und ferienmäßig, sein Hemd war aus grauem Flanell und seine Stiefel widerhallten recht selbstbewußt in den stillen Zimmern; als er vorausschritt, um den neuen Kreis zu begrüßen, merkte man kaum mehr die Andeutung eines Hinkens. Payne und seine Gefährten aber sahen sein Gesicht an und konnten kaum die Augen davon wieder abwenden.
Der Fremde fühlte offenbar etwas Sonderbares und Unheimliches bei seinem Empfang; aber man hätte schwören können, daß er die Ursache davon nicht kannte. Die Dame, die in gewissem Sinne für seine Verlobte galt, schien jedenfalls schön genug, um ihn anzuziehen; aber es war klar zu sehen, daß sie ihn auch erschreckte. Der alte Verwalter brachte ihm eine gewisse feudale Huldigung entgegen, behandelte ihn aber trotzdem, als sei er das Familiengespenst. Der Priester sah ihn noch immer mit undurchdringlichem Gesicht an, was dadurch um so aufregender wirkte. In Paynes Geist regte sich eine neue Ironie, die mit der Ironie der Griechen Ähnlichkeit hatte. Er hatte sich den Fremden wie einen Teufel vorgestellt, aber es schien noch schlimmer, daß er offenbar ein unbewußtes Verhängnis darstellte. Er schien sich dem Verbrechen mit der ungeheuerlichen Unschuld eines Ödipus zu

nähern. Mit so blinder Heiterkeit war er ins Haus seiner
Väter getreten, daß er sogar seinen Fotoapparat aufgestellt hatte, um den ersten Anblick im Bilde festzuhalten;
und selbst der Apparat hatte sich in das Symbol des Dreifußes einer tragischen Pythia verwandelt.
Als Payne sich etwas später verabschiedete, war er erstaunt, aus einer Äußerung des Australiers zu entnehmen, daß ihm seine Umgebung schon etwas mehr zu Bewußtsein gekommen war. Er sagte nämlich leise:
»Gehen Sie nicht ... oder kommen Sie bald wieder. Sie
sehen wie ein Mensch aus. In diesem Haus bekommt man
eine Gänsehaut.«
Als Payne aus diesen nachgerade unterirdischen Hallen
wieder in die nächtliche Luft und den Geruch des Meeres
aufgetaucht war, glaubte er aus jener Unterwelt der
Träume zu kommen, in der alle Ereignisse sich rastlos
und unwirklich überstürzen. Die Ankunft des seltsamen
Verwandten hatte etwas Unklares an sich, ja etwas, was
Verdacht erregte. Die Verdoppelung ein und desselben
Gesichtes auf dem alten Porträt und bei dem Neuangekommenen verwirrte ihn wie ein doppelköpfiges Ungeheuer. Doch ein Alptraum war es eigentlich nicht und es
war auch nicht das Gesicht selbst, was ihn beschäftigte.
»Wie sagten Sie doch?« fragte er den Arzt, als sie zusammen über den dunklen Sandstreifen am sich verdunkelnden Meer schlenderten. »Sagten Sie nicht, saß der junge
Mann Miss Darnaway durch einen Familienpakt oder etwas ähnliches anverlobt war? Das klingt ja wie in einem
Roman.«
»Aber wie in einem historischen Roman«, antwortete Dr.
Barnet. »Die Darnaways haben sich alle schon vor Jahrhunderten, als man sich wirklich so benahm, wie man es
in alten Romanen liest, schlafen gelegt. Ja, ich glaube, es
gibt eine Familientradition, nach der Vettern des zweiten
oder dritten Grades immer, wenn sie sich im entsprechenden Alter befinden, heiraten, um den Besitz zusam-

menzuhalten. Eine verflucht törichte Tradition, würde ich sagen; und wenn sie auf diese Weise immer und immer wieder untereinander geheiratet haben, dann geht es wohl auf das Konto dieses Erbes, daß sie so degeneriert sind.«
»Ich würde nicht sagen«, antwortete Payne etwas steif, »daß sie alle degeneriert sind.«
»Gewiß«, antwortete der Arzt, »der junge Mann sieht nicht degeneriert aus, obwohl er hinkt.«
»Der junge Mann!« rief Payne, der plötzlich unbegründet verärgert schien. »Wenn Sie die junge Dame für degeneriert halten, dann scheinen Sie mir einen degenerierten Geschmack zu haben.«
Das Gesicht des Arztes verdüsterte sich und wurde bitter. »Davon verstehe ich vermutlich mehr als Sie«, platzte er heraus.
Sie gingen schweigend dahin, jeder mit dem Gefühl, daß er unvernünftig grob gewesen sei und eine ebenso unvernünftige Grobheit habe einstecken müssen. Payne fand sich bei diesen Grübeleien bald alleine, denn sein Freund Wood war zurückgeblieben, um sich mit den Bildern zu beschäftigen.
Payne nahm die Einladung des Vetters aus den Kolonien, der jemanden brauchte, der ihn aufheiterte, bereitwillig an. Die nächsten Wochen verbrachte er zum größten Teil in den düsteren Räumen des Darnawayschen Hauses; man muß aber sagen, daß er sich nicht darauf beschränkte, den Vetter aus den Kolonien aufzuheitern. Die Melancholie der Dame hatte tiefere Wurzeln, und sie bedurfte weit eher der Aufheiterung; wie auch immer, er gab sich willig und eifrig dieser Aufgabe hin. Er war jedoch nicht ohne Gewissen, und die Situation machte ihn nachdenklich und bereitete ihm Unbehagen. Die Wochen gingen hin und niemand konnte aus dem Benehmen des neuen Darnaway schließen, ob er sich nun als verlobt im Sinne des alten Familienpakts fühlte oder nicht. Träu-

mend ging er durch die düsteren Gemächer, und geistesabwesend stand er vor dem finsteren und unheimlichen Bildnis. Die Schatten dieses Gefangenenhauses hatten sich offenbar auf ihn gelegt und von seinem australischen Selbstbewußtsein war nur wenig übriggeblieben. Doch über das, was ihn am meisten beschäftigte, konnte Payne nichts herausfinden. Einmal versuchte er sich seinem Freund Martin Wood anzuvertrauen, als der in seiner Eigenschaft als Bilderfachmann herumstöberte, aber selbst von ihm bekam er nur wenig Aufschluß.

»Mir scheint, Sie können sich da nicht einmischen«, sagte Wood kurz, »Ich meine wegen der Verlobung.«

»Natürlich werde ich mich nicht einmischen, wenn es eine Verlobung gibt«, erwiderte sein Freund; »aber gibt es die? Ich habe ihr gegenüber natürlich kein Wort gesagt; doch ich war oft genug mit ihr zusammen, um ziemlich sicher zu sein, daß sie nicht glaubt, daß eine Verlobung besteht, wenngleich sie vielleicht denkt, es könnte eine bestehen. Und er sagt nicht, daß eine bestünde, und deutete auch nicht einmal an, daß eine bestehen könnte. Dieses Hinundherschwanken kommt mir unfair vor.«

»Besonders Ihnen gegenüber, wie ich vermute«, sagte Wood etwas rauh. »Doch wenn Sie mich fragen, will ich Ihnen sagen, was ich glaube – ich glaube, er hat Angst.«

»Angst, zurückgewiesen zu werden?« fragte Payne.

»Nein, Angst, erhört zu werden«, sagte der andere. »Reißen Sie mir nicht den Kopf ab, ich meine nicht, Angst vor der Dame. Ich meine Angst vor dem Porträt.«

»Angst, vor dem Porträt!« wiederholte Payne.

»Angst vor dem Fluch«, sagte Wood. »Erinnern Sie sich nicht, daß der Vers sagt, der Fluch der Darnaways träfe ihn und sie.«

»Gewiß, aber bedenken Sie«, rief Payne; »selbst der Fluch der Darnaways kann sich sein Opfer nicht aussuchen. Zuerst erzählen Sie mir, daß ich meinen Willen nicht durchsetzen könne wegen des Paktes, und dann, daß der

Pakt sich nicht durchsetzen könne wegen des Fluches. Wenn aber der Fluch den Pakt zunichte machen kann, warum sollte sie dann an den Pakt gebunden sein? Wenn sie Angst davor haben, einander zu heiraten, dann ist doch jeder von ihnen frei, jemand anderen zu heiraten, und damit hat die Sache ein Ende. Warum sollte man sich Mühe geben, etwas zu beobachten, das zu beobachten gar kein Anlaß gegeben ist? Ihre Situation erscheint mir sehr unvernünftig.«
»Natürlich, das ist alles ein rechtes Durcheinander«, sagte Wood ziemlich ärgerlich und fuhr fort, den Rahmen eines Gemäldes abzuklopfen.
Plötzlich, eines Morgens, brach der neue Erbe sein langes und verwirrendes Schweigen. Und zwar auf eine seltsame Weise, etwas grob, wie es seine Art war, aber mit dem offensichtlichen Bemühen, das Richtige zu tun. Er fragte frei heraus um Rat, er wünschte nicht Auskunft über die eine oder andere Person, wie Payne es getan hatte, sondern über alle insgesamt. Als er nun sprach, wandte er sich an die ganze Gesellschaft, wie ein Politiker, der aufs Land geht. Er bezeichnete es als ein »Die Karten auf den Tisch legen«. Glücklicherweise war die Dame in dieses großspurige Unternehmen nicht eingeschlossen; und Payne schauderte es, wenn er an ihre Gefühle dachte. Doch der Australier war ganz ehrlich; er hielt es für ganz natürlich, um Hilfe und Aufklärung zu bitten, und rief eine Art Familienrat zusammen, bei dem er nun also seine Karten auf den Tisch legte. Fast könnte man sagen, sie auf den Tisch warf. Denn er tat es mit verzweifelter Miene, als sei er seit Tagen und Nächten von dem steigenden Druck eines Problems gepeinigt worden. In der kurzen Zeit hatten die Schatten des Hauses mit den niedrigen Fenstern und dem sich senkenden Pflaster ihn in sonderbarer Weise verändert und ihm eine gewisse Ähnlichkeit mit dem gegeben, den alle noch in Erinnerung hatten.

Die fünf Männer, Payne unter ihnen, saßen um einen Tisch; Payne dachte eben müßig darüber nach, daß sein heller Sportanzug und sein rotes Haar die einzigen farbigen Flecken im Zimmer waren, denn der Verwalter und der Priester waren schwarz gekleidet, während Wood und Darnaway wie gewöhnlich dunkelgraue Anzüge trugen, die fast schwarz aussahen. Vielleicht hatte der junge Mann diesen Unterschied gemeint, als er ihn einen Menschen nannte. In diesem Augenblick setzte er sich plötzlich im Sessel zurecht und fing an zu sprechen. Und eine Sekunde später wußte der erschreckte Künstler, daß er über die ungeheuerlichste Sache auf der Welt sprach.
»Ist da irgend etwas daran?« sagte er gerade. »Das habe ich mich jetzt wieder und wieder gefragt, bis ich fast den Verstand verloren habe. Ich hätte es nie für möglich gehalten, daß ich an solche Dinge glauben würde; aber dann denke ich an das Bild und an den Reim und an die zufälligen Übereinstimmungen oder wie man es nennen soll – und mir wird eiskalt. Ist da irgend etwas dran? Gibt es ein Verhängnis der Familie Darnaway oder nur einen verdammt sonderbaren Zufall? Habe ich das Recht zu heiraten, oder werde ich damit ein finsteres Unheil, von dem ich heute noch nichts weiß, auf mich oder andere herabbeschwören?«
Sein rollendes Auge schweifte über den Tisch und ruhte auf dem ruhigen Gesicht des Priesters, zu dem er jetzt zu sprechen schien. Paynes praktischer Verstand erwachte wieder und wandte sich dagegen, die Frage des Aberglaubens vor ein so äußerst abergläubisches Tribunal zu bringen. Er saß neben Darnaway und nahm das Wort an sich, bevor der Priester antworten konnte.
»Ich gebe zu, daß der Zufall merkwürdig ist«, sagte er mit erzwungener Heiterkeit. »Aber wir werden doch nicht –«, er unterbrach sich wie vom Blitz getroffen. Denn Darnaway hatte bei der Unterbrechung plötzlich den Kopf über die Achsel gewendet, und während dieser Bewegung

schob sich die linke Augenbraue mit einem Ruck höher hinauf als die andere, so daß einen Atemzug lang das Gesicht des Porträts ihn mit einer grausigen Übertreibung anstarrte. Auch die anderen sahen es; und alle sahen aus, als hätte sie ein plötzliches Licht geblendet. Der alte Verwalter stöhnte dumpf auf.
»Es nützt nichts«, sagte er heiser, »wir haben es mit einer zu furchtbaren Macht zu tun.«
»Ja«, stimmte der Priester mit leiser Stimme bei, »mit einer furchtbaren Macht, mit der furchtbarsten, die ich kenne – und ihr Name ist Blödsinn.«
»Was sagen Sie?« fragte Darnaway, der ihn noch immer ansah.
»Ich sagte Blödsinn«, wiederholte der Priester. »Bis jetzt habe ich nichts Besonderes gesagt, denn es ging mich nichts an, ich habe nur vorübergehend Dienst in der Nachbarschaft getan und Miss Darnaway wollte mich sprechen. Aber da Sie mich persönlich und geradeheraus fragen, ist es leicht genug zu antworten. Natürlich gibt es kein Verhängnis der Familie Darnaway, das Sie hindern könnte, irgend jemanden zu heiraten, wenn Sie dafür einen anständigen Grund haben. Es gibt kein Schicksal, das einem Menschen vorschreibt, auch nur in die häßlichste Sünde zu verfallen, geschweige in Verbrechen wie Selbstmord und Mord. Man kann Sie nicht zwingen, gegen Ihren Willen böse Taten zu begehen, weil Sie Darnaway heißen, ebensowenig wie mich, weil ich Brown heiße. Das Verhängnis der Browns«, fügte er mit Gusto hinzu, »– der Fluch der Browns, das würde noch besser klingen.«
»Und Sie, gerade Sie«, wiederholte der Australier mit weitaufgerissenen Augen, »sagen mir, daß ich so darüber denken soll?«
»Ich sage Ihnen, daß Sie an etwas anderes denken sollen«, erwiderte der Priester heiter. »Was ist aus der hoffnungsvollen Kunst der Fotografie geworden? Wie geht es der

Kamera? Unten ist es sehr dunkel, das weiß ich, aber die Spitzbögen im ersten Stock könnte man mit Leichtigkeit in ein erstklassiges fotografisches Atelier umbauen. Für ein paar Arbeiter wird es eine Kleinigkeit sein, ein Glasdach aufzusetzen.«

»Aber«, wandte Wood ein, »ich glaube, Sie sollten doch zuallerletzt an diese herrlichen gotischen Bögen Hand anlegen, die beste Arbeit, die Ihre Religion je hervorgebracht hat. Ich hätte geglaubt, daß Sie für solche Kunstwerke einige Pietät übrig haben müßten; ich verstehe nicht recht, warum es Ihnen sosehr um Fotografie zu tun ist.«

»Mir ist es sehr um Tageslicht zu tun«, erwiderte Pater Brown, »besonders in dieser muffigen Angelegenheit – und die Fotografie besitzt die Tugend, daß sie Tageslicht braucht. Und wenn Sie nicht wissen, daß ich bereit wäre, sämtliche gotische Bögen der Welt zu Staub zu zerreiben, um die gesunde Vernunft eines einzigen Menschen zu retten, dann wissen Sie nicht soviel über meine Religion, wie Sie glauben.«

Der junge Australier war aufgesprungen wie verjüngt. »Bei Gott, so ist's«, sagte er, »obwohl ich nicht erwartet hätte, das von Ihnen zu hören. Ich will Ihnen mal was sagen, Ehrwürden, ich werde etwas tun, um zu beweisen, daß ich meinen Mut noch nicht verloren habe.«

Der alte Verwalter sah ihn mit zitternden, spähenden Blicken an, als sei etwas Unheimliches am Widerstand des jungen Mannes.

»Oh«, rief er aus, »was haben Sie vor?«

»Ich werde das Porträt fotografieren«, erwiderte Darnaway.

Doch knapp eine Woche später schien der Sturm der Katastrophe vom Himmel herabzusteigen, um die Sonne der gesunden Vernunft zu verdunkeln, an die der Priester sich umsonst gewandt hatte, und das Haus von neuem in das Düster des Familienschicksals zu tauchen. Es war

leicht genug gewesen, das neue Atelier einzurichten; von innen gesehen, war es genau wie jedes andere Atelier, es war leer und nur vom hellen Licht erfüllt. Wer aus den düsteren Räumen darunter kam, hatte noch mehr als gewöhnlich das Gefühl, in eine moderne Helle zu treten, die so leer war wie die Zukunft. Auf Anraten Woods, der das Schloß gut kannte und seine erste ästhetische Unzufriedenheit überwunden hatte, wurde ein kleiner Raum im obersten Teil des zerstörten Gebäudes, der unversehrt geblieben war, in eine Dunkelkammer verwandelt, in die Darnaway aus dem weißen Tageslicht eintrat, um bei den karminfarbenen Strahlen einer roten Lampe herumzuhantieren. Wood sagte lachend, die rote Lampe habe ihn mit der vandalischen Handlung versöhnt, denn die blutgetränkte Finsternis sei so romantisch wie die Höhle eines Alchimisten.
Darnaway war an dem Tage, an dem er das geheimnisvolle Porträt fotografieren wollte, bei Tagesanbruch aufgestanden. Er hatte es über die Wendeltreppe, die einzige, die beide Stockwerke verband, von der Bibliothek ins Atelier schaffen lassen. Dort hatte er es in dem vollen weißen Tageslicht auf eine Staffelei gestellt und den fotografischen Dreifuß davor aufgebaut. Wie er sagte, lag ihm sehr viel daran, ein Foto an einen berühmten Antiquar zu senden, der schon über die Altertümer des Hauses geschrieben hatte; doch wußten die anderen, daß dies nur eine Ausrede war, die Tieferes deckte. Es handelte sich, wenn nicht um ein geistiges Duell zwischen Darnaway und dem dämonischen Bilde, so doch um ein Duell zwischen Darnaway und seinem eigenen Zweifel. Er wollte das Tageslicht der Fotografie Angesicht zu Angesicht vor das dunkle Meisterwerk der Malerei bringen, um zu sehen, ob der Sonnenschein der neuen Kunst nicht vermöchte, die Schatten der alten zu verdrängen.
Vielleicht war das der Grund, warum er es vorzog, es

selbst zu tun, obwohl einige der Nebenarbeiten mehr Zeit in Anspruch nahmen und ihn außergewöhnlich lange aufhielten. Jedenfalls wies er die wenigen Personen ab, die sein Atelier am Tage des Experiments besuchten und ihn bei seinem Ausmessen und Herumhantieren einsam und unzugänglich vorfanden. Da er sich weigerte, hinunterzukommen, hatte der Verwalter ihm ein Mittagsbrot hinaufgeschickt; nach einigen Stunden kam der alte Herr nochmals hinauf und sah, daß die Mahlzeit fast ganz verschwunden war; als er sie gebracht hatte, war ein Brummen der einzige Dank gewesen. Einmal ging auch Payne hinauf, um zu sehen, wie weit er war, aber da der Fotograf sich nicht zu einem Gespräch aufgelegt zeigte, kam er wieder herunter. Auch Pater Brown war auf seine bescheidene Weise hinaufgeschlendert, um Darnaway einen Brief des Sachverständigen zu überbringen, an den die Fotografie geschickt werden sollte. Aber er ließ den Brief auf einem Tablett liegen, und was er auch über das große Glashaus gedacht haben mag, das erfüllt war von Tageslicht und der Liebe zu einem Steckenpferd, über eine Welt, die er in gewissem Sinne selbst erschaffen hatte, er behielt es für sich und kam wieder herunter. Er hatte allen Grund sich bald daran zu erinnern, daß er der letzte war, der die einzige Treppe zwischen den Stockwerken heruntergestiegen war, und daß er einen Einsamen in einem leeren Zimmer zurückgelassen hatte. Die anderen standen in dem Saal, der zur Bibliothek führte, gerade unter der großen schwarzen Ebenholzuhr, die wie ein Riesensarg aussah.

»Wie weit war Darnaway gekommen, als Sie oben waren?« fragte Payne etwas später.

Der Priester fuhr sich mit der Hand über die Stirn. »Sagen Sie mir bloß nicht, daß ich telepathisch werde«, sagte er mit traurigem Lächeln. »Ich glaube, das Sonnenlicht im Zimmer hat mich geblendet, so daß ich nichts richtig erkennen konnte. Offen gestanden meinte ich einen Augen-

blick, an Darnaways Gestalt, wie er so vor dem Bilde stand, etwas Unheimliches zu sehen.«
»Ach ja, das lahme Bein«, erwiderte Barnet sofort. »Darüber wissen wir schon alles.«
»Hören Sie mal«, sagte Payne plötzlich mit leiserer Stimme, »ich glaube nicht, daß wir schon alles darüber, oder überhaupt etwas wissen. Was ist mit seinem Bein los? Was war mit dem Bein seines Vorfahren los?«
»Richtig, darüber steht etwas in dem Buch aus dem Familienarchiv, von dem ich Ihnen erzählt habe«, sagte Wood und ging in die Bibliothek, die sich nebenan befand.
»Ich glaube«, sagte Pater Brown ruhig, »daß Mr. Payne einen besonderen Grund haben muß, diese Frage zu stellen.«
»Ich kann ebensogut gleich damit herausrücken«, sagte Payne ganz leise. »Schließlich gibt es doch eine vernünftige Erklärung. Irgendein Hergelaufener kann sich so hergerichtet haben, daß er wie der Verstorbene aussieht. Was wissen wir eigentlich von Darnaway? Er benimmt sich sehr sonderbar.«
Die anderen sahen ihn erschreckt an, nur der Priester schien es ruhig aufzunehmen.
»Ich glaube nicht, daß das alte Bild je fotografiert wurde«, sagte er. »Deshalb will er es tun. Daran scheint mir nichts Besonderes zu sein.«
»Nein, die natürlichste Sache von der Welt«, erwiderte Wood mit einem Lächeln; er war eben mit dem Buch in der Hand zurückgekommen. Während er noch sprach, regte sich etwas im Uhrwerk der großen dunklen Uhr hinter ihnen, und durch das Zimmer zitterten nacheinander die Schläge, sieben an der Zahl. Mit dem letzten Schlag kam von oben ein Krach, der das Haus wie ein Donnerschlag erschütterte; Pater Brown war schon auf der zweiten Stufe der Wendeltreppe, als der Ton erstarb.
»Mein Gott«, rief Payne unwillkürlich aus, »er ist allein dort oben!«

»Ja«, erwiderte Pater Brown ohne sich umzudrehen, während er auf der Treppe verschwand. »Wir werden ihn oben allein vorfinden.«
Als die anderen sich von der ersten Lähmung erholt hatten und holterdiepolter die Steinstufen hinauf und in das neue Atelier gelaufen waren, fanden sie ihn in gewissem Sinne wirklich allein vor. Sie fanden ihn in den Trümmern seines Apparates liegend, dessen lange zersplitterte Beine auf groteske Weise nach drei verschiedenen Richtungen in die Luft starrten; Darnaway war darauf gefallen, und ein krummes schwarzes Bein lag in einem vierten Winkel am Boden. Einen Augenblick sah der schwarze Haufen aus, als sei er mit einer riesigen, scheußlichen Spinne verwikkelt. Ein Blick und eine Berührung genügten, um ihnen zu sagen, daß er tot war. Nur das Bild stand unberührt auf der Staffelei, und man hätte glauben können, daß die lächelnden Augen glänzten.
Eine Stunde später traf Pater Brown, der sich bemühte, die Verwirrung der Betroffenen zu lindern, den alten Verwalter, der fast so mechanisch vor sich hinbrummte, wie die Uhr getickt und die schreckliche Stunde geschlagen hatte. Ohne die Worte zu verstehen, wußte er, wie sie lauten mußten.

»Im siebenten Erben es wiederkehrt,
in der siebenten Stunde macht er sich fort.«

Als er gerade etwas Tröstliches sagen wollte, schien der Greis zu erwachen und vor Zorn zu erstarren; sein Geflüster wurde zu einem wütenden Schrei.
»Sie!« sagte er. »Sie mit Ihrem Tageslicht! Selbst Sie werden jetzt nicht mehr sagen, daß es kein Verhängnis für die Darnaways gibt!«
»Ich habe meine Meinung darüber nicht geändert«, sagte Pater Brown sanft.
Nach einer Pause fügte er hinzu: »Ich hoffe, Sie werden

den letzten Wunsch des armen Darnaway achten und dafür sorgen, daß die Fotografie abgeschickt wird.«
»Die Fotografie!« rief der Arzt scharf. »Wozu? Übrigens ist es sehr merkwürdig, aber es existiert gar keine. Scheinbar hat er gar keine gemacht, nachdem er den ganzen Tag herumgewirtschaftet hat.«
Pater Brown drehte sich plötzlich um. »Dann machen Sie selbst eine Aufnahme«, sagte er. »Der arme Darnaway hatte vollkommen recht. Es ist von größter Wichtigkeit, daß eine Aufnahme gemacht wird.«
Als alle Besucher, der Arzt, der Priester und die zwei Künstler wie eine düstere und niedergeschlagene Prozession über den braunen und gelben Strand davonzogen, schwiegen sie zuerst verstört. Und in der Tat, es war wie ein Donnerschlag aus heiterem Himmel gewesen, als sich der Fluch gerade in dem Augenblick erfüllte, da man ihn restlos vergessen hatte, gerade in dem Augenblick, als der Arzt und der Priester ihre Köpfe mit Rationalismus angefüllt hatten, wie der Fotograf seine Räume mit Tageslicht. Sie mochten aber so rationalistisch sein, wie sie wollten, der siebente Erbe war dennoch im hellen Tageslicht zurückgekommen und im hellen Tageslicht zur siebenten Stunde verschieden.
»Ich fürchte, nun werden alle für ewige Zeiten an den Darnaway-Fluch glauben«, sagte Martin Wood.
»Ich kenne einen, der nicht daran glauben wird«, sagte der Arzt scharf. »Wieso sollte ich dem Aberglauben frönen, nur weil jemand anderer dem Selbstmord frönt?«
»Sie glauben, der arme Mr. Darnaway hat Selbstmord begangen?« fragte der Priester.
»Ich bin sicher, daß er Selbstmord begangen hat«, antwortete der Arzt.
»Möglich ist es«, stimmte der andere bei.
»Er war dort oben völlig allein, und er hatte in der Dunkelkammer eine ganze Apotheke von Giften. Abgesehen davon ist das gerade das, was die Darnaways tun.«

»Sie glauben doch nicht, daß an dem Familienfluch irgend etwas dran ist?«
»In der Tat«, sagte der Arzt; »ich glaube an einen Familienfluch, er besteht in der Familienkonstitution. Ich habe Ihnen ja gesagt, daß sie erblich ist und daß sie alle halb verrückt sind. Wenn man derartig stagniert und im eigenen Saft kocht, dann ist man dazu verurteilt, zu degenerieren, ob man will oder nicht. Die Vererbungsgesetze kann man nicht umgehen; die Wahrheit der Wissenschaft kann nicht verleugnet werden. Die geistige Substanz der Darnaways zerfällt, wie ihr morsches altes Gebälk und Mauerwerk in Stücke fällt, ausgezehrt vom Meer und der Salzluft. Selbstmord, natürlich hat er Selbstmord begangen; und ich wage zu behaupten, daß auch alle die anderen noch Selbstmord begehen werden. Vielleicht ist es auch das beste, was sie tun können.«
Als der Mann der Wissenschaft dies sagte, stand Payne plötzlich und mit erschreckender Klarheit das Gesicht der Tochter der Darnaways vor Augen, eine tragische Maske, bleich vor dem Hintergrund einer unergründlichen Düsterkeit, doch von einer blendenden und mehr als irdischen Schönheit. Er öffnete den Mund, um zu sprechen, fand jedoch keine Worte.
»Wie ich sehe«, sagte Pater Brown zu dem Arzt, »glauben Sie also doch an den Fluch?«
»Was soll das heißen – ich glaube an den Fluch? Ich glaube an den Selbstmord aus wissenschaftlicher Notwendigkeit.«
»Nun«, sagte der Priester, »ich sehe nicht den Deut eines Unterschiedes zwischen Ihrem wissenschaftlichen Aberglauben und diesem anderen magischen Aberglauben. Beide scheinen darauf hinauszulaufen, daß die Menschen paralysiert sind und weder ihre Arme noch Beine bewegen noch ihr Leben oder ihre Seele retten können. Das Gedicht sagte, es sei der Fluch der Darnaways, getötet zu werden, und das wissenschaftliche Lehrbuch sagt,

es sei der Fluch der Darnaways, sich selbst zu töten. In beiden Fällen scheinen sie mir Sklaven zu sein.«
»Aber ich dachte, Sie hätten gesagt, daß Sie an eine verstandesmäßige Beurteilung dieser Dinge glauben«, sagte Dr. Barnet. »Glauben Sie nicht an die Vererbungsgesetze?«
»Ich sagte, daß ich an das Tageslicht glaube«, erwiderte der Priester mit lauter und klarer Stimme, »und ich denke nicht daran, zwischen zwei Wegen obskuren Aberglaubens zu wählen, die beide in Finsternis enden. All das beweist nur, daß Sie alle völlig im dunkel tappen, hinsichtlich dessen, was in diesem Haus vorging.«
»Meinen Sie hinsichtlich des Selbstmordes?« fragte Payne.
»Ich meine hinsichtlich des Mordes«, sagte Pater Brown, und seine Stimme, obwohl nur leicht erhoben, schien über den ganzen Strand zu hallen. »Es war Mord; doch Mord kommt aus dem Willen, den Gott frei gemacht hat.«
Was der andere in diesem Augenblick darauf geantwortet hatte, sollte Payne nie erfahren. Denn dieses Wort hatte eine recht seltsame Wirkung auf ihn; es fuhr ihn an wie ein Trompetenstoß und brachte ihn dennoch zum Stehen. Er hielt mitten auf der sandigen Wüste an und ließ die anderen weitergehen; er fühlte, wie ihm das Blut in den Adern gerann und, wie man sagt, die Haare zu Berge standen; und dennoch fühlte er eine neue und unnatürliche Heiterkeit. Ein psychologischer Prozeß, der zu rasch und zu kompliziert war, als daß er ihm selbst hätte folgen können, war bereits zu einem Ende gekommen, das er selbst nicht analysieren konnte. Aber das Ende war eine Erleichterung. Nachdem er eine Weile so dagestanden hatte, wandte er sich um und ging über den Strand langsam zum Haus der Darnaways zurück.
Er ging mit so heftigen Schritten über die Brücke, die den Graben überspannte, daß sie erzitterte, eilte die Stufen hinab und lief mit hallenden Schritten durch die langen

Zimmer, bis er an die Stelle kam, wo Adelaide Darnaway saß, den Heiligenschein des dämmrigen Lichtes aus dem ovalen Fenster hinter sich, wie eine vergessene Heilige, die im Land des Todes zurückgeblieben war. Sie blickte auf, und ein Ausdruck des Erstaunens machte ihr Gesicht noch wunderbarer.
»Was ist geschehen«, fragte sie. »Warum sind Sie zurückgekommen?«
»Ich bin zur schlafenden Schönen gekommen«, sagte er in einem Ton, der einen Anflug von Lachen hatte. »Dieses alte Haus hat sich vor langer Zeit zum Schlafen gelegt, wie der Arzt sagt; aber es ist töricht von Ihnen, vorzugeben, daß Sie alt seien. Kommen Sie hinauf ins Tageslicht und hören Sie die Wahrheit. Ich habe das Wort für sie; es ist ein schreckliches Wort, aber es wird den Bann Ihrer Gefangenschaft brechen.«
Sie verstand nichts von dem, was er sagte, aber etwas ließ sie aufstehen und ihm folgen durch die lange Halle und die Stufen hinauf und hinaus unter den Abendhimmel. Die Ruinen eines toten Gartens erstreckten sich zum Meer hin, aus einem alten Brunnen ragte die Figur eines Tritons auf, von Grünspan überzogen, aus dem trockenen Horn strömte nichts in das leere Bassin. Diese trostlose Silhouette hatte er oft, wenn er vorbeigegangen war, gegen den Abendhimmel gesehen, und sie war ihm immer als ein Zeichen gestürzten Glücks, in mehr als einer Hinsicht, erschienen. Es konnte ohne Zweifel nicht mehr lange dauern und diese leeren Brunnen würden angefüllt sein, aber mit dem grünbleichen, bitteren Wasser des Meeres, und die Blumen würden ertränkt und vom Seegras erstickt sein. So, hatte er sich gesagt, würde auch die Tochter der Darnaways verheiratet werden, sie würde dem Tod und einem Verhängnis, so stumm und abgründig wie das Meer, verheiratet werden. Doch nun legte er eine Hand auf den bronzenen Triton, und sie war wie die Hand eines Riesen, er schüt-

telte ihn, als wollte er ihn umstürzen, wie einen Fetisch oder einen bösen Gartengott.

»Was soll das heißen?« fragte sie gefaßt. »Was ist das für ein Wort, das uns frei machen wird?«

»Es ist das Wort Mord«, sagte er, »und die Freiheit, die es bringt, ist so frisch, wie die Blumen im Frühling. Nein, ich will nicht sagen, daß ich jemanden ermordet habe. Aber der Umstand, daß einer ermordet werden kann, ist an sich schon eine gute Nachricht nach all den bösen Träumen, in denen Sie gelebt haben. Verstehen Sie denn nicht? In den Träumen, die Sie gehabt haben, kam alles, was sich ereignete, aus Ihrem eigenen Inneren; der Fluch der Darnaways hauste in den Darnaways selbst; er entfaltete sich wie eine schreckliche Blume. Es gab kein Entkommen, selbst nicht durch einen glücklichen Umstand; alles war unausweichlich; ob nun wie bei Vine mit seiner Altweibergeschichte, oder wie bei Barnet und seiner läppischen Vererbungstheorie. Aber der Mann, der starb, war nicht das Opfer eines magischen Fluchs oder eines vererbten Irrsinns. Er wurde ermordet: aber für uns ist dieser Mord nur ein gewöhnliches Ereignis; gewiß: requiescat in pace, aber dennoch ein glückliches Ereignis. Es ist ein Strahl des Tageslichts, denn es kommt von außen.«

Plötzlich lächelte sie: »Ja, ich glaube, ich verstehe. Sie scheinen wie ein Wahnsinniger zu sprechen, aber ich verstehe. Doch, wer hat ihn ermordet?«

»Das weiß ich nicht«, antwortete er ruhig, »aber Pater Brown weiß es. Und wie Pater Brown sagt, gemordet wird aus dem Willen, der frei ist wie der Wind vom Meer.«

»Pater Brown ist ein wunderbarer Mensch«, sagte sie nach einer Pause, »er war der einzige Mensch, der je mein Dasein aufgehellt hat, in jeder Hinsicht, bis –«

»Bis was?« fragte Payne und machte eine fast ungestüme Bewegung, indem er sich an sie lehnte und das bronzene Ungetüm fortschob, so daß es auf seinem Podest zu wakkeln begann.

»Nun, bis Sie es taten«, sagte sie und lächelte abermals.
So ward der schlafende Palast erweckt, und es gehört nicht zu dieser Geschichte, die verschiedenen Stadien dieser Erweckung zu beschreiben, obwohl sie sich begaben, noch ehe die Dunkelheit dieses Abends sich über das Ufer gebreitet hatte. Als Harry Payne den dunklen Strand, über den er in so mancher Stimmung geschritten war, entlang nach Hause ging, war er auf dem Gipfel des Glücks, das uns in diesem sterblichen Leben beschieden ist, und all sein Inneres war in Aufruhr. Es kostete ihn keine Mühe, sich alles rundum wieder in Blüte vorzustellen, den bronzenen Tritonen, strahlend wie einen goldenen Gott, und den Brunnen, überfließend von Wasser oder Wein. Und all dieses Strahlen und Blühen war für ihn aufgegangen durch das eine Wort: »Mord«; es war noch immer ein Wort, das er nicht begriff. Er hatte es gutgläubig aufgenommen, aber er war nicht ohne Klugheit; er war einer von jenen, die einen Sinn für die Wahrheit haben.
Über einen Monat später kehrte Payne in sein Londoner Haus zurück, um eine Verabredung mit Pater Brown einzuhalten. Die verlangte Fotografie brachte er mit. Seine eigene Liebesromanze war so wohl gediehen, wie es sich im Schatten einer solchen Tragödie schickte, und daher lag der Schatten selbst etwas leichter auf ihm; aber es war schwer, ihn als etwas anderes anzusehen als den Schatten eines Familiengeschicks. Er war auf mancherlei Weise sehr stark beschäftigt gewesen, und erst als die Darnaway-Familie ihre strenge Tagesroutine wiederaufgenommen hatte und das Bild längst wieder an seinem Platz in der Bibliothek stand, war es ihm gelungen, es mit Blitzlicht zu fotografieren. Bevor er das Foto, wie zuerst besprochen, dem Antiquar sandte, brachte er es dem Priester, der es so dringend verlangt hatte.
»Ich verstehe Ihre Haltung in dieser Angelegenheit nicht, Pater Brown«, sagte er. »Sie benehmen sich, als hätten Sie das Rätsel schon auf Ihre eigene Weise gelöst.«

Der Priester schüttelte traurig den Kopf. »Keineswegs«, erwiderte er. »Ich bin gewiß sehr dumm, denn ich sitze fest – sitze fest an der wichtigsten Stelle. Eine sonderbare Sache; bis zu einem Punkt so einfach, und dann – wollen Sie mir die Fotografie einmal zeigen, bitte?«
Er hielt sie einen Augenblick an seine zusammengekniffenen, kurzsichtigen Augen und sagte: »Haben Sie ein Vergrößerungsglas?«
Payne holte eines hervor, der Priester blickte eine Weile angestrengt durch und sagte dann: »Sehen Sie sich einmal den Titel dieses Buches an, das am Rand des Bücherbrettes neben dem Rahmen steht, er heißt ›Die Geschichte der Päpstin Johanna‹. Ob da nicht – ja, wahrhaftig; darüber steht ein Buch über Island. Gott! Wie sonderbar, auf diese Weise draufzukommen! Was für ein Dummkopf und Esel bin ich doch gewesen, daß ich es nicht bemerkte, als ich dort war!«
»Ja, worauf sind Sie denn gekommen?« fragte Payne ungeduldig.
»Auf das letzte Glied in der Kette«, erwiderte Pater Brown. »Ich sitze jetzt nicht mehr fest. Ja, ich weiß jetzt, wie die unglückselige Geschichte von Anfang bis zu Ende vor sich ging.«
»Aber wieso?« wiederholte der andre.
»Darum«, sagte der Priester mit einem Lächeln, »weil die Bibliothek der Darnaways Bücher über die Päpstin Johanna und Island enthielt, zu schweigen von einem andern, das ich eben bemerke, und dessen Titel beginnt mit den Worten ›Die Religion Friedrichs...‹, was nicht so schwer zu ergänzen ist.« Als er aber sah, daß der andre sich ärgerte, erlosch sein Lächeln und er sagte mit größerem Ernst:
»In der Tat ist dieser letzte Punkt, obwohl das letzte Glied der Kette, nicht die Hauptsache. Der Fall enthält viel sonderbarere Einzelheiten. So zum Beispiel das sonderbare Beweismaterial. Ich will damit anfangen, Ihnen etwas zu

sagen, was Sie wohl in Erstaunen setzen wird. Darnaway starb nicht um sieben Uhr abends. Um diese Zeit war er schon einen ganzen Tag tot.«
»Erstaunen ist ein schwacher Ausdruck«, erwiderte Payne bitter. »Wir sahen ihn doch beide, Sie und ich, nachher noch herumgehen.«
»Nein, eben nicht«, sagte Brown ruhig. »Wir haben ihn, glaube ich, beide gesehen, oder gedacht, daß wir ihn sahen, wie er mit vieler Mühe die Linse einstellte. War sein Kopf nicht unter dem schwarzen Mantel verborgen, als Sie durchs Zimmer gingen? Jedenfalls war er nicht zu sehen, als ich durchkam. Darum fühlte ich auch, daß etwas an dem Zimmer und an der Gestalt nicht in Ordnung war. Nicht, weil das Bein krumm war – vielmehr, weil es nicht krumm war. Es steckte in demselben dunklen Anzug, aber wenn Sie einen Menschen, den Sie für eine bestimmte Person halten, anders dastehen sehen, als Sie es von dieser Person gewöhnt sind, werden Sie seine Haltung krampfhaft und fremdartig finden.«
»Wollen Sie damit sagen«, rief Payne mit Schaudern aus, »daß es irgendein Fremder war?«
»Es war der Mörder«, sagte Pater Brown. »Er hatte Darnaway bei Tagesanbruch getötet und die Leiche sowie sich selbst in der Dunkelkammer versteckt – ein ausgezeichnetes Versteck, da gewöhnlich niemand hineingeht oder viel sehen kann, wenn er es doch tut. Aber natürlich ließ er die Leiche um sieben Uhr auf den Boden fallen, um die ganze Sache durch den Fluch zu erklären.«
»Aber ich verstehe nicht«, bemerkte Payne. »Warum hat er ihn dann nicht erst um sieben Uhr getötet, anstatt sich vierzehn Stunden lang mit einer Leiche zu beladen?«
»Ich werde eine Gegenfrage stellen«, sagte der Priester. »Warum wurde keine Aufnahme gemacht? Weil es dem Mörder darauf ankam, ihn sofort als er aufstand zu töten, bevor er die Aufnahme machen konnte. Dem Mörder war es von größter Wichtigkeit, zu verhindern, daß die Foto-

grafie in die Hände des Sachverständigen gelangte, der die Altertümer des Hauses kannte.«
Ein plötzliches Schweigen trat ein, und nach einer Weile fuhr der Priester mit leiserer Stimme fort:
»Sehen Sie nicht, wie einfach das ist? Eine Möglichkeit haben Sie ja selbst erkannt; aber es ist noch einfacher, als Sie dachten. Sie sagten, ein Mann könne sich so herrichten, daß er einem alten Bild ähnlich wird. Es ist doch sicherlich einfacher, ein Bild so herzurichten, daß es einem Manne ähnlich ist. Geradeheraus gesagt: es trifft auf eine besondere Weise zu, daß es kein Verhängnis des Hauses Darnaway gibt. Es gab kein altes Bild; es gab keinen alten Reim; es gab keine Legende von einem Manne, der den Tod seiner Frau verschuldete. Aber es gab einen sehr bösen und sehr klugen Mann, der bereit war, den Tod eines anderen zu verschulden, um ihm seine angelobte Gattin wegzunehmen.«
Der Priester lächelte Payne zu, wie um ihm Mut zu machen. »Nun haben Sie eben geglaubt, daß ich von Ihnen rede«, sagte er, »aber Sie waren nicht der einzige Mann, der aus Liebe immer wieder in das Haus kam. Sie kennen den Mann vielmehr, Sie glauben ihn zu kennen. Es gibt aber geheime Abgründe in dem Manne, der sich Martin Wood, Maler und Sachverständiger, nannte, wie keiner seiner Freunde aus Künstlerkreisen sie auch nur erraten konnte. Vergessen Sie nicht, daß er berufen wurde, um über die Bilder sein Urteil abzugeben und sie zu katalogisieren, was in einer solchen Rumpelkammer von Kunstschätzen einfach bedeutet, daß er den Darnaways sagen sollte, was sie eigentlich besaßen. Wenn plötzlich etwas zum Vorschein kam, was sie nie gesehen hatten, konnte sie das nicht wundern. Es mußte nur gut gemacht werden, und es wurde gut gemacht. Vielleicht hatte er recht mit seiner Bemerkung, daß es jemand vom Genie Holbeins gemalt hat, wenn es nicht Holbein selber war.«
»Ich bin wie vor den Kopf geschlagen«, sagte Payne, »und

es gibt noch eine Menge Dinge, die ich nicht verstehe. Woher wußte er, wie Darnaway aussah? Wie hat er ihn faktisch getötet? Die Ärzte sind sich noch gar nicht klar darüber.«

»Ich habe eine Fotografie gesehen, die der Dame gehörte und die der Australier nach Hause geschickt hat, bevor er selbst kam«, sagte der Priester. »Hatte man den neuen Erben erst einmal anerkannt, so konnte er auf die verschiedenste Weise weitere Einzelheiten erfahren. Wir kennen diese Einzelheiten nicht – aber sie bieten keine Schwierigkeit. Wie Sie sich erinnern, half er gewöhnlich in der Dunkelkammer mit; ist der Ort nicht geradezu geschaffen, um einen Menschen etwa mit einer vergifteten Nadel zu erstechen? Noch dazu, wo er die Gifte so bequem zur Hand hatte? Nein, darin lag keine Schwierigkeit. Was mich beirrte, war die Unmöglichkeit, daß Wood an zwei Stellen zugleich sein konnte. Wie konnte er die Leiche aus der Dunkelkammer holen und sie so aufstellen, daß sie nach wenigen Sekunden hinfallen mußte, ohne daß er die Stiege herunterkam? Und er war doch in der Bibliothek und suchte ein Buch? Und ich war ein solcher Esel, daß ich mir die Bücher in der Bibliothek nicht näher ansah; erst auf dieser Fotografie sah ich die einfache Tatsache, mit mehr Glück als Verstand, daß dort ein Buch über die Päpstin Johanna stand.«

»Ihr bestes Rätsel haben Sie für zuletzt aufgespart«, sagte Payne ernst. »Was in aller Welt hat die Päpstin Johanna damit zu tun?«

»Vergessen Sie nicht das Buch über irgendwas in Island«, sagte der Priester, »und über die Religion eines Mannes, der Friedrich hieß. Man muß sich nur noch fragen, was für ein Mensch der verstorbene Lord Darnaway gewesen ist.«

»So, muß man das?« fragte Payne schwerfällig.

»Ich glaube, daß er ein gebildeter, etwas überspannter Kopf war«, fuhr Pater Brown fort. »Da er gebildet war, wußte er auch, daß es nie eine Päpstin Johanna gegeben hat. Da er witzig war, hat er sich wahrscheinlich den Titel ›Die Schlangen von Island‹ für etwas ausgedacht, was nicht existierte. Ich nehme mir heraus, den dritten Buchtitel zu ›Die Religion Friedrichs des Großen‹ zu ergänzen – die es auch nicht gab. Fällt Ihnen nicht auf, daß das Titel sind, die man Büchern geben mußte, die gar nicht existieren? Mit anderen Worten, einem Bücherregal, das gar keines war?«

»Aha«, rief Payne, »jetzt verstehe ich. Es gab eine geheime Treppe –«

»Zu dem Zimmer, das Wood selbst als Dunkelkammer ausgewählt hatte«, nickte der Priester. »Es tut mir sehr leid. Es klingt entsetzlich banal und dumm, so dumm, wie ich mich in dieser banalen Sache erwiesen habe. Aber wir waren nun einmal in eine wirklich muffige alte Geschichte von verarmten Adeligen und einem verfallenden Schloß verwickelt – und wir durften nicht hoffen, daß uns ein geheimer Gang erspart bleiben würde. Er war für einen Priester bestimmt – und ich habe verdient, in ihn hineinzustolpern.«

Der Pfeil vom Himmel

Es steht zu befürchten, daß Hunderte von amerikanischen Detektivgeschichten damit anfangen, daß ein amerikanischer Millionär ermordet wird; aus dunklen Gründen betrachtet man ein solches Ereignis als Unglück. Auch die vorliegende Geschichte beginnt erfreulicherweise mit einem ermordeten Millionär. Ja, in gewissem Sinn sogar mit dreien, was manche ohne Zweifel als einen *embarras de richesse* empfinden werden. Aber gerade durch diese Häufung von verbrecherischen Anschlägen zeichnete sich dieser Fall vor anderen Kriminalfällen aus, wurde er zu einem so absonderlichen Rätsel.
Allgemein hieß es, sie seien einer Vendetta oder einem Fluche zum Opfer gefallen, der sich an den Besitz einer geschichtlich wie geldlich gleich wertvollen Reliquie heftete – eine Art Kelch, der mit kostbaren Steinen eingelegt und in Kennerkreisen als »Koptenpokal« bekannt war. Sein Ursprung war zweifelhaft, der Zweck vermutlich kirchlich. Manche führten das Schicksal, das seine Besitzer zu ereilen pflegte, auf den Fanatismus irgendeines orientalischen Christen zurück, der sich darüber entsetzte, daß der heilige Gegenstand durch materialistische Hände ging. Der geheimnisvolle Mörder hatte bereits, ob Fanatiker oder nicht, in der Welt der Presse und des Klatsches eine brennende und sensationelle Neugier erweckt. Der Namenlose war mit einem Namen – besser gesagt, einem Spitznamen – versehen. Wir aber beschäftigen uns nur mit der Geschichte des dritten Opfers. Denn nur in diesem Falle hatte ein gewisser Pater Brown, der Held

dieser Skizzen, Gelegenheit, seine Anwesenheit zur Geltung zu bringen.
Sobald Pater Brown den Ozeandampfer verließ und den Fuß auf amerikanischen Boden setzte, mußte er die Entdeckung machen – wie schon andere Engländer vor ihm –, daß er eine über Erwarten wichtige Persönlichkeit sei. Seine untersetzte Gestalt, sein Gesicht mit den kurzsichtigen Augen und den unscheinbaren Zügen, seine etwas abgenutzte schwarze geistliche Kleidung wären bei ihm zu Hause niemals aufgefallen – höchstens als besonders unauffällig. Amerika aber hat eine geniale Art, den Ruhm zu züchten. Sein Mitwirken bei ein oder zwei merkwürdigen kriminellen Fällen und seine lange Bekanntschaft mit dem früheren Verbrecher und jetzigen Detektiv Flambeau hatten in Amerika aus einem bloßen Gerücht, wie es in England verbreitet war, ihm einen beträchtlichen Ruf geschaffen. Sein rundes Gesicht war starr vor Staunen, als ihm eine Gruppe Journalisten am Kai auflauerte wie eine Räuberbande und ihm eine Reihe von Fragen stellte, für die er sich am allerwenigsten maßgebend vorkommen konnte – wie zum Beispiel die Frauenmorde oder die Verbrecherstatistik des Landes, das er in diesem Augenblick zum ersten Mal erblickte. Vielleicht fiel ihm gerade im Gegensatz zu der Einmütigkeit dieser schwarzen Gruppe eine andere Gestalt ins Auge, die sich ebenfalls gegen das zu dieser Zeit und an diesem Ort blendend weiße Tageslicht schwarz abhob, aber ganz einsam dastand: ein langer, gelbgesichtiger Mann mit großer Brille, der ihn, als die Journalisten fertig waren, mit einer Bewegung aufhielt und fragte: »Verzeihen Sie, aber vielleicht suchen Sie Hauptmann Wain?«
Zu Pater Browns Entschuldigung – denn er selbst hätte sich gewiß aufrichtig entschuldigt – muß man anführen, daß er Amerika zum ersten Mal sah – besonders aber diese besondere Sorte modischer Schildpatt-Brillen, die sich damals noch nicht bis England verbreitet hatten. Er hatte im

ersten Augenblick die Empfindung, ein Meerungeheuer mit riesigen, hervorstehenden Augen zu erblicken, das eine entfernte Ähnlichkeit mit einem Taucher hatte. Der Herr war im übrigen höchst geschmackvoll gekleidet, und dem naiven Pater schien die Hornbrille den eleganten Menschen förmlich zu entstellen, als hätte sich ein Geck als letzten Schick ein Holzbein zugelegt. Auch die Frage setzte ihn in Verlegenheit. Ein amerikanischer Flieger namens Wain, ein Freund einiger seiner französischen Freunde, stand allerdings auf der langen Liste von Personen, die er während seines Aufenthalts in Amerika besuchen wollte, aber er hatte nie erwartet, ihn so bald zu treffen.
»Verzeihen Sie«, fragte er zögernd, »sind Sie Hauptmann Wain? Oder – oder kennen Sie ihn?«
»Daß ich nicht Hauptmann Wain bin, steht für mich so ziemlich fest«, antwortete der Bebrillte mit unbeweglichem Gesicht. »Das war mir klar, als ich ihn da drüben im Auto auf Sie warten sah. Aber die zweite Frage ist nicht so einfach zu beantworten. Ich glaube Wain und seinen Onkel und den alten Merton zu kennen – ich kenne den alten Merton, aber der alte Merton kennt mich nicht. Und er glaubt, im Vorteil zu sein, und genau das glaube ich auch. Verstehen Sie?«
Pater Brown verstand nicht ganz. Er blinzelte die glänzende Seelandschaft und die Türme der Stadt an, und dann auch den Bebrillten. Nicht nur die Maske auf den Augen ließ sein Gesicht undurchdringlich erscheinen. Etwas in seinem gelben Gesicht sah asiatisch, ja sogar chinesisch aus – seine Sprache schien aus verschiedenen Lagen Ironie zu bestehen. Er gehörte zum Typ des rätselhaften Amerikaners, der sich mitten in der offenherzigen und geselligen Bevölkerung manchmal findet.
»Ich heiße Drage«, sagte er, »Norman Drage, und bin amerikanischer Bürger, was alles erklärt. Jedenfalls vermute ich, daß Ihr Freund Wain Ihnen so manches mitteilen möchte – also gedulden wir uns noch etwas.«

Pater Brown wurde in einigermaßen benommenem Zustand zu einem Auto geschleppt, das in einiger Entfernung wartete. Ein junger Mensch mit Büscheln von zerzaustem blondem Haar und etwas gequältem und abgespanntem Gesichtsausdruck rief ihn von weitem an und stellte sich als Peter Wain vor. Bevor Pater Brown zur Besinnung kam, saß er schon fest im Wagen und fuhr mit beträchtlicher Geschwindigkeit durch die Stadt und darüber hinaus. Er war das heftige Zugreifen des amerikanischen Pragmatismus nicht gewohnt und fühlte sich so verwirrt, als hätte ihn ein mit Drachen bespannter Wagen ins Märchenland entführt. Unter so beunruhigenden Umständen hörte er zum ersten Male in langen Monologen von Wain und in kurzen Sätzen von Drage die Geschichte des Koptenpokals und der beiden Verbrechen, die damit zusammenhingen.

Wain hatte, wie es schien, einen Onkel namens Crake, und dieser einen Kompagnon namens Merton. Dieser Merton war der dritte Besitzer des Pokals, wie die ersten beiden ein reicher Geschäftsmann. Der erste, der bekannte Kupferkönig Titus P. Trant, hatte von einem Unbekannten, der sich Daniel Doom nannte, Drohbriefe erhalten. Der Name war vermutlich ein Pseudonym, vertrat aber nun bereits eine sehr bekannte, wenn nicht volkstümliche Figur, eine Mischung aus Robin Hood und Jack the Ripper. Denn soviel stand bald fest: Der Schreiber der Drohbriefe beschränkte sich keineswegs auf Drohungen. Jedenfalls wurde der alte Trant eines Morgens tot aufgefunden. Sein Kopf lag in seinem eigenen Zierteich, und vom Täter fehlte jede Spur. Glücklicherweise wurde der Pokal auf der Bank aufbewahrt. Er ging mit dem übrigen Vermögen an Trants Vetter Brian Horder über, der ebenfalls schwer reich war und von dem namenlosen Feind bedroht wurde. Man fand ihn tot am Fuße eines Felsens in der Nähe seiner Strandvilla, in der ein Einbruch – diesmal großen Stils – stattgefunden hatte. Denn obwohl der Pokal wieder heil davonkam, wurden so viele Aktien und Pfandbriefe gestohlen, daß Horders Angelegenheiten in die größte Verwirrung gerieten.

»Brian Horders Witwe mußte fast alle Wertgegenstände verkaufen, glaube ich«, erklärte Wain, »und wahrscheinlich hat Brander Merton damals den Pokal erworben, denn als ich ihn kennenlernte, war er bereits glücklicher Besitzer. Aber Sie werden sich selbst sagen, daß es nicht gerade ein behagliches Gefühl ist, ihn zu haben.«

»Hat Mr. Merton auch Drohbriefe bekommen?« fragte Pater Brown nach einer Pause.

»Ich glaube schon«, sagte Mr. Drage, und ein Etwas in seiner Stimme ließ den Priester neugierig aufblicken, bis er bemerkte, daß der Bebrillte still lachte, und zwar auf eine so sonderbare Weise, daß es dem Neuangekommenen kalt über den Rücken lief.

»Ich bin ziemlich davon überzeugt«, sagte Wain mit Stirnrunzeln. »Ich habe die Briefe nicht gesehen. Er zeigt seine Briefe überhaupt nur seinem Sekretär, denn er ist in solchen Dingen sehr verschlossen, ganz begreiflich bei einem so bedeutenden Geschäftsmann. Aber ich war dabei, als er sich über die Briefe wirklich aufregte und bedrückt fühlte; und gerade diese Briefe zerriß er, bevor sein Sekretär sie zu Gesicht bekam. Jetzt ist sogar der Sekretär schon nervös geworden, er behauptet, daß irgend jemand dem Alten auflauert. Kurz und gut, wir wären Ihnen für Ihren Rat sehr dankbar. Man kennt Ihren Ruf, Pater Brown, und deshalb hat mich der Sekretär gebeten, Sie gleich in Mertons Haus hinüberzubitten.«

»Jetzt verstehe ich«, sagte Pater Brown, dem endlich der Zweck der Entführung aufging. »Aber ich sehe wirklich nicht ein, was ich noch zusätzlich tun kann. Sie sind doch an Ort und Stelle und müssen über hundertmal mehr Einzelheiten verfügen, aus denen Sie zuverlässigere Schlüsse ziehen können als ein zufälliger Besuch.«

»Jawohl«, sagte Drage trocken, »aber unsere Schlüsse

sind viel zu zuverlässig und logisch, um wahr zu sein. Wenn Sie mich fragen: Was Titus P. Trant getroffen hat, kam geradewegs von oben, ohne auf eine logische Erklärung zu warten. Es war das, was man einen Blitz aus heiterem Himmel nennt.«
»Sie wollen doch nicht behaupten«, rief Wain, »daß es übernatürlich war?«
Aber es war zu keiner Zeit so einfach zu verstehen, was Mr. Drage eigentlich meinte, außer, daß er, wenn er von jemandem sagte, er sei sehr klug, damit vermutlich meinte, er sei ein Esel. Mr. Drage bewahrte eine geradezu orientalische Ruhe, bis nach einer Weile der Wagen hielt. Sie waren jedenfalls am Ziel. Der Ort war merkwürdig genug. Die letzte Strecke hatte sie durch dünnbewaldetes Gebiet geführt, das in eine weite Ebene überging; gerade vor ihnen befand sich ein Gebäude, das aus einer einzigen Mauer bestand, so rund war wie ein Römerlager und ein wenig einer Flughalle glich. Die Umfriedung sah weder wie Holz noch wie Stein aus; bei näherer Betrachtung ergab sich, daß sie aus Eisen bestand.
Sie stiegen alle aus. In der Wand öffnete sich mit großer Vorsicht eine kleine Schiebetür, nachdem man daran umständlich manipuliert hatte wie an einem Geldschrank. Sehr zu Browns Erstaunen machte der Herr, der sich Norman Drage nannte, nicht Miene einzutreten, sondern verabschiedete sich mit unheilvoller Lustigkeit. »Ich komme lieber nicht mit«, sagte er. »So viel freudige Aufregung, schätze ich, darf man dem Alten nicht zumuten. Er liebt meinen Anblick so sehr, daß er vor Freude sterben könnte, wenn er mich sieht.«
Er schlenderte davon, und Pater Brown, dessen Verwunderung wuchs, wurde durch die Stahltür eingelassen, die hinter ihm sofort einschnappte. Drin sah man einen großen, kompliziert angelegten Garten in vielen und heiteren Farben, aber ganz ohne Baum, Gebüsch und Strauch. Mitten drin erhob sich ein schöner, ja imposanter Bau,

der jedoch so hoch und schmal war, daß er aussah wie ein Turm. Auf dem Dach funkelte das Sonnenlicht hie und da auf Glasfenstern, aber im unteren Teile schienen sich überhaupt keine Fenster zu befinden. Überall herrschte die fleckenlose, blitzende Sauberkeit, die so gut zu der klaren amerikanischen Luft paßte. Innerhalb des Portals fanden sie sich von prächtigem Marmor, Metallen und Emaille in strahlenden Farben umgeben – aber die Treppe fehlte. In der Mitte zwischen den kompakten Mauern stieg nur der Schacht für den Aufzug in die Höhe, und der Zugang wurde durch stark gebaute, große Leute bewacht, die aussahen wie Polizisten in Zivil.
»Die Schutzmaßnahmen sind ein wenig sehr ausgetüftelt, ich weiß«, sagte Wain. »Vielleicht finden Sie es komisch, Pater, daß Merton hier wie in einer Festung leben muß und nicht einmal einen Baum im Garten hat, hinter dem sich jemand verstecken könnte. Aber Sie wissen nicht, womit man es hierzulande zu tun hat. Und vielleicht wissen Sie auch nicht, was Brander Mertons Name bedeutet. Er sieht ganz bescheiden aus, und auf der Straße würde sich kein Mensch nach ihm umsehen. Ganz abgesehen davon, daß er nur dann und wann im geschlossenen Auto ausfährt. Aber wenn ihm etwas zustieße, würde die Erde von Alaska bis zu den Südseeinseln erzittern. Ich glaube, daß vor ihm weder König noch Kaiser eine solche Macht über die Welt besessen haben. Schließlich hätten Sie wohl aus Neugierde eine Einladung beim Zaren oder zum König von England angenommen. Vielleicht machen Sie sich nichts aus Zaren oder Millionären – aber Macht in irgendeiner Form ist immer interessant. Hoffentlich widerspricht es nicht Ihren Prinzipien, einen modernen Kaiser wie Merton zu besuchen.«
»Gewiß nicht«, sagte Pater Brown ruhig. »Es ist meine Pflicht, Häftlinge und alle Unglücklichen in der Gefangenschaft aufzusuchen.«
Ein Schweigen entstand, und der junge Mensch runzelte

mit einem sonderbaren, etwas schiefen Blick die Stirn. Dann sagte er unvermittelt:
»Na, schließlich dürfen Sie nicht vergessen, daß er es nicht mit gewöhnlichen Verbrechern oder der Schwarzen Hand zu tun hat. Dieser Daniel Doom ist ein Teufel. Trant hat er in seinem eigenen Garten und Horder vor seinem Hause umgebracht, und es ist ihm nichts passiert.«
Das oberste Stockwerk des Gebäudes bestand zwischen den ungeheuer dicken Mauern aus zwei Zimmern: einem äußeren, in das sie eintraten, und dem inneren, dem Allerheiligsten des Millionärs. Im äußeren Zimmer trafen sie zwei Gäste, die gerade das innere verließen. Den einen rief Peter Wain an – es war sein Onkel; ein kleiner, aber gedrungener und dynamischer Mann mit rasiertem Schädel, der kahl wirkte, und einem Gesicht, das so braun aussah, als sei es niemals weiß gewesen. Es war der alte Crake, gemeinhin Hickory Crake genannt, im Gedenken an den berühmten Old Hickory, weil er in den letzten Indianerkriegen zweifelhaften Ruhm erworben hatte. Sein Begleiter stand im größten Gegensatz zu ihm – es war ein eleganter Herr mit dunklem Haar wie schwarzer Lack und einem breiten schwarzen Band am Monokel – Barnard Blake, der Anwalt des alten Merton, der mit den beiden Kompagnons geschäftliche Angelegenheiten der Firma besprochen hatte. Die vier Personen trafen in der Mitte des äußeren Zimmers zusammen und hielten sich im Gehen und Kommen einen Augenblick auf, um ein paar Höflichkeiten zu tauschen. Und während dieses Hin und Her saß im Hintergrund des Zimmers, neben der Türe zum zweiten, eine Gestalt, schwer und unbeweglich im Halblicht des Fensters – ein schwarzer Mann mit ungeheuer breiten Schultern. Er war das, was man in Amerika mit schmerzhafter Selbstkritik den Bösewicht nennt – ein Wächter, wie ihn die Freunde, ein Halsabschneider, wie ihn die Feinde nannten!
Der Mann bewegte und rührte sich nicht, um irgend je-

manden zu begrüßen. Sein Anblick bewog Peter Wain, seine erste, unruhige Frage zu stellen.
»Ist jemand drin?« fragte er.
»Nur keine Aufregung, Peter«, kicherte sein Onkel. »Sein Sekretär Wilton ist drin bei ihm – das dürfte genügen. Ich glaube, Wilton gönnt sich überhaupt keinen Schlaf mehr, so sehr bewacht er Merton. Er taugt mehr als zwanzig Wächter. Und er ist so schnell und lautlos wie ein Indianer.«
»Na, du mußt es am besten wissen«, lachte der Neffe. »Ich erinnere mich noch an deine Erzählungen aus den Grenzkriegen gegen die Indianer, und die Indianerschliche, die du mich gelehrt hast, als ich noch ein Junge war. Aber in meinen Indianerbüchern haben die Indianer merkwürdigerweise immer schlecht abgeschnitten.«
»Aber nicht in Wirklichkeit«, erwiderte der alte Soldat ernst.
»Wirklich nicht?« fragte der höfliche Blake.
»Ich habe immer gemeint, daß sie gegen unsere Feuerwaffen wenig ausrichten konnten.«
»Ich habe einmal einen Indianer gesehen, der unter dem Feuer von hundert Gewehren stand und nichts hatte als ein kleines Skalpmesser. Trotzdem tötete er einen Weißen, der an meiner Seite auf der Spitze eines Forts stand.«
»Ja wie denn?« fragte der andere.
»Er warf es«, erwiderte Crake – »warf es wie der Blitz, bevor man einen Schuß abgeben konnte. Ich weiß nicht, woher er den Trick hatte.«
»Nun, hoffentlich hast du ihn nicht von ihm gelernt«, sagte der Neffe lachend.
»Mir scheint, die Geschichte ist nicht ohne Moral«, sagte Pater Brown nachdenklich. Während sie sprachen, kam der Sekretär Wilton aus dem inneren Zimmer und wartete; es war ein blasser, blondhaariger Mensch mit viereckigem Kinn und ruhigen Augen, die an einen

Hund erinnerten; man konnte sich einbilden, dem scharfen Blick eines Hofhundes zu begegnen.
Er sagte nur: »Mr. Merton wird Sie in etwa zehn Minuten empfangen«, aber das genügte, um die plaudernde Gruppe an den Aufbruch zu mahnen. Der alte Crake hatte Eile, und sein Neffe begleitete ihn und den Anwalt, so daß Pater Brown einen Augenblick mit dem Sekretär allein blieb. Denn der Riese am anderen Ende des Zimmers konnte kaum für einen lebenden Menschen gelten, er saß unbewegt da und kehrte ihnen den Rücken zu.
»Die ganzen Vorkehrungen machen wohl einen gar zu ausgeklügelten Eindruck«, bemerkte der Sekretär. »Sie haben vermutlich die Geschichte des Daniel Doom gehört und wissen, warum wir den Chef nie lange allein lassen dürfen.«
»Aber jetzt ist er doch allein?« fragte Pater Brown.
Der Sekretär sah ihn mit seinen ernsten grauen Augen an. »Fünfzehn Minuten lang«, sagte er. »Eine Viertelstunde von den vierundzwanzig. Das ist die einzige Zeit, die ihm wirklich allein bleibt; und darauf besteht er, aus einem merkwürdigen Grunde.«
»Und was für ein Grund ist das?« fragte der Gast.
»Der Koptenpokal«, sagte der Sekretär. Er hörte nicht auf, dem Pater in die Augen zu sehen, aber sein Mund, der eben noch ernst gewesen war, wurde bitter. »Vielleicht haben Sie den Koptenpokal vergessen – aber er vergißt ihn nie, weder ihn noch sonst etwas. Er vertraut ihn keinem von uns an. Irgendwo und irgendwie ist er in dem Zimmer dort eingeschlossen, so daß nur er ihn finden kann. Er nimmt ihn nur heraus, wenn wir alle draußen sind. Wir müssen also diese Viertelstunde riskieren, während er dasitzt und ihn anbetet; vermutlich die einzige Anbetung, zu der er sich aufschwingt. Natürlich besteht eigentlich keine wirkliche Gefahr. Ich habe dieses Haus zu einer Falle gemacht, und selbst dem Teufel würde es schwerfallen, hinein- oder jedenfalls herauszukommen.

Wenn dieser verdammte Daniel uns einen Besuch abstattet, wird er ziemlich lange hierbleiben, das schwöre ich Ihnen! Ich sitze hier während der fünfzehn Minuten wie auf Nadeln, und sowie ich einen Schuß oder ein anderes verdächtiges Geräusch hörte, würde ich auf diesen Knopf drücken, und ein elektrischer Strom lädt die Gartenmauer, so daß jeder, der hinausgehen oder sie überklettern will, sofort den Tod findet. Übrigens kann es keinen Schuß geben, denn dies ist der einzige Eingang, und das Fenster, an dem er sitzt, ist oben auf einem Turm, der so glatt ist, als wäre er geölt. Und außerdem sind wir hier natürlich alle bewaffnet. Wenn Daniel wirklich in das Zimmer käme, würde er es lebendig nicht verlassen.«
Pater Brown blinzelte nachdenklich; er blickte auf den Teppich. Dann sagte er plötzlich mit einem Ruck:
»Sie nehmen es mir doch nicht übel? Mir ist eben etwas eingefallen. Es betrifft Sie.«
»In der Tat«, erwiderte Wilton. »Was meinen Sie?«
»Sie haben nur eine einzige Idee im Kopf«, sagte Pater Brown, »und Sie müssen mir verzeihen, wenn ich sage, daß es mehr die Idee ist, Daniel Doom zu fangen, als Brander Merton zu schützen.«
Wilton fuhr zusammen und starrte seinen Gast an; langsam formte sich auf seinen Lippen ein sonderbares Lächeln.
»Wieso haben Sie – wie kommen Sie darauf?« fragte er.
»Sie sagten eben, wenn Sie einen Schuß hörten, könnten Sie den Feind auf der Flucht durch den elektrischen Strom töten. Sie haben sich doch vermutlich klargemacht, daß der Schuß für Ihren Chef tödlich werden könnte, bevor der Strom für seinen Feind tödlich würde? Ich meine damit nicht, daß Sie Mr. Merton nicht schützen werden, wenn es in Ihrer Macht steht, sondern daß es Ihnen erst in zweiter Linie wichtig ist. Die Vorkehrungen sind besonders ausgeklügelt, wie Sie selbst sagen, und gehen wohl auf Sie zurück. Aber Sie scheinen auch eher dazu angetan

zu sein, einen Mörder zu fangen, als einen Menschen zu retten.«

»Hochwürden«, sagte der Sekretär, dessen Stimme sich beruhigt hatte, »Sie sind verdammt klug – aber sonderbarerweise sind Sie noch etwas mehr. Irgendwie gehören Sie zu den Leuten, denen man die Wahrheit sagen möchte – und außerdem wird man es Ihnen ohnedies erzählen, denn man neckt mich ja bereits damit. Man sagt allgemein, daß ich eine fixe Idee habe – nämlich diesen Verbrecher zur Strecke zu bringen –, und vielleicht stimmt das auch. Aber ich werde Ihnen jetzt etwas sagen, was sonst niemand weiß: Ich heiße in Wirklichkeit John Wilton Horder.« Pater Brown nickte, als sei ihm nun alles klar, doch der andere fuhr fort:

»Dieser Mensch, der sich Daniel Doom nennt, hat meinen Vater und meinen Onkel getötet und meine Mutter zugrunde gerichtet. Als Merton einen Sekretär suchte, nahm ich den Posten an. Ich dachte, wo der Koptenpokal ist, müßte sich auch der Verbrecher früher oder später einfinden. Aber ich wußte nicht, wer er war, und konnte also nur auf ihn warten. Ich hatte die feste Absicht, Merton treu zu dienen.«

»Ich verstehe«, sagte Pater Brown sanft, »aber ist es nicht eigentlich an der Zeit, daß wir hineingehen?«

»Ja gewiß«, erwiderte Wilton; er war wieder zusammengefahren, und der Priester schloß daraus, daß er sich einen Augenblick wieder seinen Rachegelüsten überlassen hatte. »Gewiß – gehen Sie nur hinein.«

Pater Brown ging geradenwegs in das innere Zimmer. Was folgte, waren keine Begrüßungen, sondern nur ein totes Schweigen. Einen Augenblick später erschien der Priester wieder in der Türe.

Im selben Augenblick bewegte sich plötzlich der stumme Wächter, der an der Tür saß – es sah aus, als sei ein Riesenmöbel lebendig geworden. Etwas in der Haltung des Priesters hatte wie ein Signal gewirkt. Sein Kopf hob sich

vom Licht des Fensters ab, aber sein Gesicht blieb im Schatten.
»Jetzt werden Sie wohl auf den Knopf drücken müssen«, sagte er mit einem Seufzer.
Wilton schien mit einem Ruck aus seinen wilden Grübeleien zu erwachen und sprang auf. Seine Stimme überschlug sich.
»Es war kein Schuß!« rief er aus.
»Ja«, sagte Pater Brown, »es kommt darauf an, was Sie unter einem Schuß verstehen.«
Wilton sprang vor, und zusammen stürzten sie in das innere Zimmer. Es war verhältnismäßig klein und einfach, aber höchst luxuriös ausgestattet. Ihnen gegenüber stand ein großes Fenster weit offen – die Aussicht ging auf den Garten und die bewaldete Ebene. Nahe beim Fenster standen ein Sessel und ein Tischchen, als hätte der Gefangene während des kurzen Glücks seiner Einsamkeit gar nicht genug Licht und Luft bekommen können.
Auf dem Tischchen am Fenster stand der Koptenpokal. Der Besitzer hatte ihn jedenfalls beim günstigsten Licht betrachtet. Und es war auch der Mühe wert. Das weiße, blendende Tageslicht verwandelte die kostbaren Steine in vielfarbige Flammen, so daß er wie ein Urbild des Heiligen Grals aussah. Es war der Mühe wert, ihn zu betrachten. Aber Brander Merton betrachtete ihn nicht. Sein Kopf hing über die Lehne des Sessels, seine weiße Mähne berührte fast den Boden und sein grauer Spitzbart wies zur Decke – in seinem Hals aber steckte ein langer, braunangestrichener Pfeil mit roten Federn.
»Ein lautloser Schuß«, sagte Pater Brown leise. »Ich hatte gerade an die neuen Erfindungen gedacht, die geräuschlosen Feuerwaffen. Dies ist freilich eine alte Erfindung – aber genauso geräuschlos.« Einen Augenblick später fragte er: »Er ist tot, fürchte ich. Was werden Sie tun?«
Der blasse Sekretär riß sich mit einem plötzlichen Entschluß zusammen. »Ich werde natürlich auf den Knopf

drücken«, sagte er, »und wenn das noch nicht genügt, um Daniel Doom kaltzumachen, werde ich ihn rund um die Welt jagen, bis ich ihn finde.«
»Geben Sie bloß acht, daß Sie keinen unserer Freunde kaltmachen. Sie müssen in der Nähe sein, eigentlich sollte man sie rufen.«
»Die wissen ja alle Bescheid mit der Mauer«, erwiderte Wilton. »Keiner von ihnen wird versuchen rüberzuklettern – außer, einer von ihnen hat es sehr eilig!«
Pater Brown ging zum Fenster, durch das der Pfeil offensichtlich hereingeflogen war, und sah hinaus. Tief unten lag der Garten mit seinen ebenen Blumenbeeten wie eine zart getönte Landkarte der Erde. Die ganze Aussicht sah so weit und leer aus, der Turm schien so hoch in den Himmel zu ragen, daß ihm ein seltsamer Ausdruck in den Sinn kam.
»Ein Blitz aus heiterem Himmel«, sagte er. »Hat nicht jemand vor kurzem von einem Blitz aus heiterem Himmel gesprochen, vom Tod, der aus den Lüften kommt? Sehen Sie bloß, alles sieht so weit entfernt aus – wie unwahrscheinlich, daß ein Pfeil so weit herkommen sollte! Außer freilich ein Pfeil vom Himmel.«
Wilton war zurückgekehrt, antwortete aber nicht. Der Priester fuhr wie in einem Selbstgespräch fort.
»Man denkt dabei unwillkürlich an Flugzeuge. Ich muß einmal den jungen Wain fragen . . . nach Flugzeugen und allem, was damit zusammenhängt.«
»Es tummeln sich viele hier herum«, sagte der Sekretär.
»Das ist ein Fall mit entweder sehr alten oder mit sehr neuen Waffen«, bemerkte Pater Brown. »Einige dieser Waffen könnten dem alten Onkel ziemlich vertraut sein, möchte ich meinen; wir müssen ihn über Pfeile aushorchen. Ich weiß nicht, von wo aus der Indianer geschossen haben könnte. Aber erinnern Sie sich an die Geschichte, die der Alte erzählte. Ich bemerkte noch, daß sie eine Moral hatte.«

»Wenn Sie eine Moral hatte«, erwiderte der junge Mann mit Wärme, »so doch höchstens, daß ein Indianer weiter schießen kann als man annimmt. Es ist doch Unsinn, da eine Parallele zu vermuten.«
»Ich glaube nicht, daß Sie die Moral ganz richtig aufgefaßt haben«, sagte Pater Brown.

Auch wenn es den Anschein hatte, als sei der kleine Priester in den Millionen Einwohnern der Stadt New York aufgegangen ohne ersichtliches Bestreben, etwas anderes darzustellen als eine beliebige Nummer in einer nach Nummern eingeteilten Straße, war er in Wahrheit doch auf unauffällige Weise die nächsten vierzehn Tage emsig beschäftigt mit einer Aufgabe, die er sich selbst gestellt hatte. Eine tiefe Befürchtung, die Justiz könnte möglicherweise ganz in die Irre geführt werden, trieb ihn zu seinem Bemühen. Gerade weil er sich dem Anschein nach keine besondere Mühe gab, sich vor seinen anderen neuen Bekanntschaften auszuzeichnen, gelang es ihm leicht, mit den zwei oder drei Männern ins Gespräch zu kommen, die in den geheimnisvollen Mordfall verwickelt waren; besonders mit dem alten Hickory Crake hatte er ein sonderbares und aufschlußreiches Gespräch. Es fand auf einer Bank im Central Park statt. Der Veteran saß da und hatte seine knochigen Hände und sein scharfgeschnittenes Adlergesicht auf den bizarr geschnitzten Griff eines Spazierstocks aus dunkelrotem Holz gestützt, der vielleicht einem Tomahawk nachgebildet war.
»Nun, vielleicht war das ein sehr weit gezielter Schuß«, sagte er und schüttelte sein Haupt, »aber ich würde Ihnen immer den Rat geben, seien Sie nicht zu sicher, wie weit ein Indianerpfeil tragen kann. Ich erinnere mich an ein paar Pfeile, die gerader flogen als irgendeine Kugel und die ihr Ziel mit beklemmender Sicherheit trafen, wenn man bedenkt, wie weit sie geflogen waren. Natürlich läuft einem heute praktisch nie ein Indianer mit Pfeil und Bo-

gen über den Weg, geschweige denn in diesen Gegenden. Aber immer gesetzt den Fall, es hätte sich doch durch Zufall einer der alten indianischen Scharfschützen, mit einem der alten indianischen Bogen, da draußen in den Bäumen versteckt, ein paar hundert Yards außerhalb von Mertons Verteidigungsmauer – nun ja, dann halte ich es nicht für ausgeschlossen, daß der edle Wilde einen Pfeil über die Mauer und in das Dachfenster von Mertons Haus hätte schießen können. Und in Mertons Hals selbstverständlich auch. Ich habe genauso erstaunliche Dinge schon erlebt, damals in den alten Zeiten.«
»Und ohne Zweifel«, sagte der Priester, »haben Sie genauso erstaunliche Dinge auch selber getan.« Old Crake lachte in sich hinein und sagte dann schroff: »Das gehört alles lange der Vergangenheit an.«
»Manche Leute haben ihre eigene Art, die Vergangenheit für sich zu erwecken«, sagte der Pater. »Ich hoffe doch, es gibt nichts in Ihren Akten und in Ihrem früheren Leumund, das jetzt die Umwelt ungut über die ganze Geschichte tuscheln läßt.«
»Was soll das heißen?« fragte Crake, und seine Augen bewegten sich zum ersten Mal scharf und rasch in seinem roten, hölzernen Gesicht, das selbst fast wie die Spitze eines Tomahawks aussah.
»Nun, da Sie ja so gründlich mit allen Listen und Künsten der Rothäute vertraut sind –« begann Pater Brown langsam.
Crake hatte die ganze Zeit gekrümmt und fast zusammengesunken dagesessen, das Kinn immer fest auf dem seltsam geformten Griff. Im selben Augenblick aber stand er aufgereckt wie ein zustoßender Bravo mitten auf dem Spazierweg und hielt seinen Stock wie einen Fechtknüppel umklammert.
»Was?« schrie er – in einer Art heiserem Kreischen –, »was, zum Teufel! Wollen Sie sich im Ernst hinstellen

und mir ins Gesicht sagen, ich hätte – einfach so – meinen eigenen Schwager ermordet?«

Von einem Dutzend Bänken her, die wie Punkte über den Spazierweg verstreut waren, sahen die Leute zu den beiden Disputanten, wie sie da mitten auf dem Weg standen und einander ins Gesicht starrten, auf der einen Seite der kahlköpfige, energische, kleine Mann, der seinen fremdländischen Spazierstock wie eine Keule geschwungen hielt, und die schwarze, plumpe Figur des kleinen Klerikers, der ihn aufmerksam ansah und keinen Muskel bewegte. Nur seine Augenlider zwinkerten ein wenig. Einen Augenblick lang sah es so aus, als sollte die schwarze, plumpe Figur nach alter Indianerweise rasch und entschlossen auf den Kopf geschlagen werden, und in der Ferne sah man bereits den mächtigen Umriß eines irischen Polizisten sich auftürmen und rasch auf die Gruppe zueilen. Da sagte der Priester, so ruhig als antworte er auf eine ganz gewöhnliche Frage:

»Ich habe für mich einige Schlußfolgerungen gezogen, es erscheint mir aber im Augenblick nicht angebracht, sie vor dem Abschluß meines Berichts bekanntzumachen.«

Sei es unter dem Einfluß der sich nähernden Schritte des Polizisten, sei es durch die beruhigende Wirkung, die der Blick des Priesters auf ihn hatte, jedenfalls steckte Old Hickory seinen Stock unter den Arm und setzte brummend den Hut wieder auf. Dann wünschte ihm Pater Brown einen vergnügten guten Morgen, entfernte sich ohne unziemliche Hast aus dem Park und begab sich nach dem Hotel, in dessen Halle er zu dieser Stunde den jungen Wain wußte. Der junge Mann sprang auf und begrüßte ihn; er sah jetzt beinahe noch hagerer und gequälter aus, als ob ihn ein geheimer Kummer buchstäblich aufzehrte. Ein erstes Wort über sein Steckenpferd oder seine Lieblingswissenschaft genügte jedoch, daß er wieder wach und konzentriert aussah. Pater Brown hatte ihn gefragt, ganz zufällig, und gesprächsweise, ob in der Gegend viel geflogen werde, und hatte ihm erzählt, daß er zuerst Mr. Mertons kreisförmige Schutzmauer für ein Aerodrom gehalten habe.

»Es ist fast ein Wunder, daß Sie nicht das eine oder andere Flugzeug gesehen haben, solange Sie dort waren«, antwortete Captain Wain. Die weite Ebene ist ein ideales Gelände für Flieger, und mich sollte es nicht wundern, wenn das Gelände später nicht zu einer bevorzugten Brutstätte für meine Art von Vögeln werden sollte. Ich bin natürlich auch selbst oft dort geflogen, und ich kenne die meisten der älteren Kameraden, die auch im Krieg geflogen sind. Aber jetzt gibt es dort noch eine ganze Menge mehr Leute, die Lust am Fliegen haben und von denen ich nie etwas gehört oder gesehen habe. Ich habe den Verdacht, Fliegen wird bald so verbreitet sein wie Autofahren, und jeder Mann in den Vereinigten Staaten wird sein eigenes Flugzeug haben.«

»Da ja nach der Verfassung jeder Amerikaner von seinem Schöpfer«, sagte Pater Brown mit einem leichten Lächeln, »mit den Grundrechten auf Leben, Freiheit und Autofahren begabt ist, die Fliegerei gar nicht zu erwähnen. Wir dürfen also annehmen, daß ein sonst doch so auffälliges Flugzeug zu bestimmten Zeiten, wenn es an Mertons Haus vorbeiflog, nicht allzusehr beachtet wurde.«

»Nein«, antwortete der junge Mann, »ich glaube nicht, daß es irgend jemand bemerken würde.«

»Oder nehmen wir an, der Flieger selbst wäre bekannt«, fuhr der andere fort, »so müßte es ihm doch möglich sein, sich eine Maschine zu verschaffen, die man nicht als die seine erkennen würde. Nehmen wir einmal an, Sie selbst würden auf gewohnte Weise in Ihrem Flugzeug fliegen, so könnten vielleicht Mr. Merton und seine Freunde Sie an der Ausrüstung erkennen. Andererseits aber könnten Sie auf einem anderen Flugzeugtyp, oder wie immer man das nennt, unerkannt ziemlich nahe am Fenster vorbeifliegen. Jedenfalls nahe genug für handfeste Absichten.«

»Nun, vermutlich ja«, begann der junge Mann fast automatisch. Dann hielt er inne und starrte Pater Brown mit offenem Mund und hervorstehenden Augen an. »Mein Gott«, sagte er mit erstickter Stimme, »mein Gott!« Dann sprang er, bleich und von Kopf bis Fuß zitternd, aus seinem Sessel auf und rief, wobei er unverwandt dem Priester entgegenstarrte: »Sind Sie wahnsinnig? Sind Sie denn vollständig wahnsinnig?«

Es gab einen Augenblick des Schweigens, dann fing er von neuem in einem zischenden Flüstern zu sprechen an: »Sie kommen allen Ernstes hierher und deuten an –«

»Nein, ich deute nichts an, ich sammle nur Andeutungen«, sagte Pater Brown und erhob sich. »Vielleicht habe ich einige vorläufige Schlußfolgerungen gezogen, aber die werde ich für den Augenblick besser für mich behalten.«

Daraufhin grüßte er sein Gegenüber mit der gleichen etwas steifen Höflichkeit und verließ das Hotel, um seine sonderbaren Wandergänge wieder aufzunehmen.

Bei Einbruch der Abenddämmerung am gleichen Tag hatten seine Wanderungen ihn in die schmutzigen Straßen und Treppenwege geführt, die hinunter zum Fluß taumelten und stolperten in diesem ältesten und unregelmäßigsten Teil der City. Direkt unter der buntfarbigen Laterne, die den Eingang zu einem ziemlich verkommenen chinesischen Restaurant bezeichnete, traf er auf eine Figur, die er schon einmal gesehen hatte, auch wenn sie sich seinen Augen jetzt ganz verändert darbot.

Mr. Norman Drage hatte sich noch immer gegen die Welt hinter seinen großen Brillengläsern verschanzt, die irgendwie sein Gesicht wie eine schon dunkle Maske aus Glas zu bedecken schienen. Von seinen Brillengläsern abgesehen aber hatte sich sein Aussehen in dem Monat, der seit dem Mord vergangen war, auf das seltsamste verändert. Damals war er, wie Pater Brown bemerkt hatte, auf das ausgesuchteste bekleidet gewesen – bis zu dem

Punkt, wo die Unterscheidung zwischen dem Dandy und einer Schneiderpuppe im Schaufenster für das freie Auge nicht mehr zu ziehen war. Jetzt aber waren alle diese Äußerlichkeiten auf rätselhafte Weise zum Schlechteren gewendet, so als habe sich die Schneiderpuppe unversehens in eine Vogelscheuche verwandelt. Sein Zylinder war noch vorhanden, sah aber ramponiert und schäbig aus, seine Kleider befanden sich in einem Zustand der Auflösung, seine Uhrkette und alle geringeren Verzierungen waren spurlos verschwunden. Pater Brown jedoch sprach ihn so an, als hätten sie sich gestern erst zuletzt gesehen, und zögerte keinen Augenblick, sich mit ihm an einen Tisch des billigen Restaurants zu setzen, wohin der andere seine Schritte gelenkt hatte. Nicht er war es jedoch, sondern sein Gegenüber, der die Unterhaltung begann.
»Nun?« murrte Drage. »Waren Sie erfolgreich mit Ihrem Rachefeldzug für den heiligen und heiliggesprochenen Millionär? Denn wir wissen doch, alle Millionäre sind heilig und werden heiliggesprochen. Sie können es in allen Zeitungen am anderen Tag lesen, wie sie ihr Leben im Lichte der Familienbibel zubrachten, die sie an ihrer Mutter Knie zuerst gelesen haben. Pfui Teufel! Wenn sie nur die eine oder andere von den tausend Geschichten in der Familienbibel gelesen hätten, wäre zumindest die Mutter rechtzeitig erschreckt worden. Und der Millionär vielleicht auch. Das alte Buch, es steckt voll von einem Haufen großartiger, gräßlicher, alter Vorstellungen, wie sie heutzutage nicht mehr wachsen. So eine Art Handbüchlein der Steinzeitweisheiten, vergraben unter den Pyramiden. Nehmen wir an, irgend jemand hätte den alten Merton vom Dach seines Turmes herabgeworfen und hätte seine Leiche von Hunden auffressen lassen, so wäre ihm nichts Schlimmeres widerfahren als Jezabel. Wurde Agag nicht in kleine Stücke zerhackt, und ging doch seine Wege in Vorsicht? Auch Merton ging seiner Wege in Vorsicht sein ganzes Leben lang, hol ihn der Teufel – bis

er schließlich zu vorsichtig wurde, um überhaupt noch seiner Wege zu gehen. Aber das Werkzeug des Herrn fand ihn, wie es in dem alten Buch hätte geschehen können, und es schlug ihn tot nieder auf dem Dach seines Turmes, auf daß er ein Gleichnis gebe allem Volke.«
»Das Werkzeug war wenigstens handfest genug«, sagte sein Begleiter.
»Die Pyramiden sind sogar besonders handfest und halten die Könige in ihnen ausreichend nieder«, grinste der Mann mit den Brillengläsern. »Ich denke, es ist das letzte Wort über diese alten handfesten, materialistischen Religionen noch nicht gesagt. Da gibt es alte Reliefdarstellungen – unversehrt seit Jahrtausenden –, auf denen die alten Götter und Herrscher mit gesenktem Bogen gezeigt werden, und ihre mächtigen Hände sehen so aus, als könnten sie damit wirklich Steinbogen spannen. Handfest, vielleicht – aber was für eine Handfestigkeit! Geht es Ihnen nicht auch manchmal so, daß Sie gebannt auf die uralten Mythen und Erzählungen des Ostens starren, bis Ihnen der Verdacht aufgeht, der alte Schöpfer Gott fahre noch immer wie ein dunkler Apoll durch die Wolken und versende schwarze Todesstrahlen?«
»Wäre dem so«, antwortete Pater Brown, »müßte ich ihn wohl mit einem anderen Namen nennen. Ich habe aber meine Zweifel, ob Merton wirklich durch einen schwarzen Todesstrahl oder selbst durch einen Steinpfeil gestorben ist.«
»Vermutlich glauben Sie, er ist eine Art heiliger Sebastian«, höhnte Drage, »weil er mit einem hölzernen Pfeil umgebracht wurde. Ein Millionär muß doch wenigstens ein Märtyrer sein. Woher wissen Sie denn, daß er seinen Tod nicht verdient hat? Sie haben sicher nicht allzuviel über Ihren Millionär herausgebracht. Nun, lassen Sie sich von mir gesagt sein: er hat seinen Tod hundertfach verdient.«

»So, so«, meinte Pater Brown nachsichtig, »warum haben Sie ihn dann nicht ermordet?«
»Sie wollen wissen, warum ich ihn *nicht* ermordet habe?« sagte sein Gegenüber und starrte ihn fassungslos an.
»Also, ich muß schon sagen, Sie sind mir eine ganz eigene Sorte von Kirchenmann.«
»Aber nicht doch«, sagte der andere, als müsse er ein Kompliment beiseite wischen.
»Vermutlich ist das Ihre Art, mir zu sagen, daß ich ihn doch ermordet habe«, knurrte Drage. »Schön, dann beweisen Sie es mir, wenn Sie können. Um ihn jedenfalls war es sicher nicht schade. Er war für niemanden ein Verlust.«
»Doch, das war er«, sagte Pater Brown scharf. »Er war für Sie ein Verlust. Das ist der Grund, warum Sie ihn nicht getötet haben.« Und damit verließ er den Raum und den Mann mit den Brillengläsern, der ihm fassungslos nachstarrte.
Es dauerte einen Monat, bevor Pater Brown das Haus, in dem der dritte Millionär die Vendetta Daniels erlitten hatte, zum zweiten Male besuchte. Die am meisten Beteiligten hielten eine Art Kriegsrat ab. Am oberen Ende des Tisches saß der alte Crake, seinen Neffen zur Rechten und den Anwalt zur Linken; der schwarze Riese, der Harris hieß, war in voller Größe zugegen, wenn auch nur als stummer Zeuge; ein rothaariges, spitznäsiges Individuum namens Dixon schien als Vertreter einer Detektei anwesend, und Pater Brown setzte sich bescheiden auf einen freien Stuhl neben ihm.
Alle Zeitungen der Welt waren voll von der Katastrophe, die diesen Finanzkoloß, diesen großen Organisator der weltbeherrschenden Großindustrie betroffen hatte. Aber von den wenigen, die ihm im Augenblick des Todes am nächsten gewesen waren, konnte man nicht viel erfahren. Onkel, Neffe und Anwalt erklärten, daß sie längst außerhalb der Mauer standen, als Alarm geschlagen wurde.

Die Wächter an den beiden Schranken gaben etwas verwirrte, aber doch im ganzen zufriedenstellende Antworten. Nur eine einzige weitere Komplikation mußte besonders überlegt werden. Ungefähr zur Zeit des Todes hatte sich ein Fremder auf geheimnisvolle Weise am Eingang zu schaffen gemacht und Mr. Merton sprechen wollen. Die Dienstboten konnten ihn nur mit Mühe verstehen, denn er sprach sehr unklar. Aber gerade das fiel später als belastend auf, denn er hatte irgend etwas gemurmelt, daß ein Bösewicht durch ein einziges Wort aus dem Himmel vernichtet werden könne.
Peter Wain beugte sich vor. Die Augen in dem mageren Gesicht glänzten. Er sagte:
»Ich möchte darauf wetten – das war Norman Drage.«
»Und wer in aller Welt ist Norman Drage?« fragte sein Onkel.
»Ja, das möchte ich gerne wissen«, erwiderte der junge Mann. »Ich habe ihn fast direkt gefragt, aber er versteht es wunderbar, jede gerade Frage zu verdrehen. Es ist, als hiebe man nach einem Fechter. Er versuchte, mich mit einem Hinweis auf das Luftschiff der Zukunft zu verwirren. Im Grunde habe ich ihm nie getraut.«
»Aber was für ein Mensch ist er denn?« fragte Crake.
»Ein Mystagog«, sagte Pater Brown mit der Schlagfertigkeit eines Kindes. »Davon gibt es eine ganze Menge; zum Beispiel all die Leute, die in den Pariser Cafés und Kabaretts herumsitzen und Ihnen einreden wollen, daß sie den Schleier der Isis gelüftet haben oder das Geheimnis von Stonehenge kennen. Auch in unserem Falle würden sie sicher eine mystische Erklärung zur Hand haben.«
Der glatte dunkle Kopf des Anwalts neigte sich höflich gegen den Sprecher, aber sein Lächeln war vage feindlich.
»Ich bin überrascht«, sagte er, »daß gerade Sie ein Vorurteil gegen mystische Erklärungen haben.«
»Ganz im Gegenteil«, sagte Pater Brown und blinzelte ihn freundlich an. »Und gerade deshalb kann ich manchmal

über sie urteilen. Mich könnte jeder falsche Jurist herumkriegen; Sie aber nicht, weil Sie selbst ein Jurist sind. Wenn sich irgendein Narr als Indianer verkleidet, kann er mir einreden, daß er der originale Hiawatha selber ist; aber Mr. Crake hier würde ihn sofort durchschauen. Ein Schwindler könnte mir vormachen, daß er mit Aeroplanen ausgezeichnet Bescheid weiß, aber Wain würde nicht darauf hereinfallen. Und genauso steht es mit dem anderen, nicht wahr? Gerade weil ich etwas von Mystik verstehe, will ich mit Mystagogen nichts zu tun haben. Wahre Mystiker verbergen keine Geheimnisse, sondern enthüllen sie. Wahre Mystiker weisen bei hellem Tageslicht auf eine Sache hin, und wenn man sie gesehen hat, bleibt sie doch weiterhin ein Geheimnis. Die Mystagogen dagegen verstecken etwas hinter Dunkelheit und Geheimnissen, und wenn man es findet, ist es ein Gemeinplatz. Was aber Drage betrifft, so will ich zugeben, daß er noch einen anderen Grund hatte, und zwar einen viel praktischeren Grund, uns Märchen über Feuer aus den Wolken und Blitze aus heiterem Himmel zu erzählen.«
»Nämlich?« fragte Wain. »Der Grund scheint mir sehr wichtig, wie er auch lauten mag.«
»Ja«, erwiderte der Priester langsam, »er wollte, daß wir die Mordtaten für Wunder halten, weil er – ja, weil er selbst wußte, daß es keine Wunder sind.«
»Aha«, sagte Wain mit einem Zischen, »darauf war ich gefaßt. Geradeheraus gesagt, er ist der Verbrecher.«
»Geradeheraus gesagt, er ist der Verbrecher, der das Verbrechen nicht beging«, sagte Pater Brown ruhig.
»Nennen Sie das geradeheraus?« fragte Blake höflich.
»Jetzt werden Sie gleich behaupten, daß ich selber ein Mystagoge bin«, erwiderte Pater Brown etwas eingeschüchtert, aber mit strahlendem Lächeln. »Doch das war nur ein Zufall. Drage hat das Verbrechen – ich meine dieses Verbrechen – nicht begangen. Er hat nur eins auf dem Gewissen – Erpressung; deswegen trieb er sich hier

herum. Aber er wollte keinesfalls, daß die ganze Welt sein Geheimnis erfahre, oder daß der Tod der ganzen Sache ein Ziel setze. Später können wir uns über ihn unterhalten. Jetzt im Augenblick möchte ich nur, daß er uns nicht im Wege ist.«

»Im Wege?« fragte der andere.

»Im Wege zur Wahrheit«, erwiderte der Priester und sah ihn ruhigen Blickes an.

»Wollen Sie damit sagen«, brachte der andere mühsam hervor, »daß Sie die Wahrheit wissen?«

»Ich glaube ja«, erwiderte Pater Brown bescheiden.

Eine plötzliche Stille herrschte. Dann rief Crake unvermittelt mit rauher Stimme:

»Herrgott, wo ist der Sekretär? Wilton? Er sollte hier sein!«

»Ich stehe mit Mr. Wilton in Verbindung«, sagte Pater Brown ernst, »ja, ich habe ihn sogar gebeten, mich in ein paar Minuten hier anzurufen. Wir haben sozusagen die Sache zusammen aufgeklärt.«

»Wenn Sie zusammenarbeiten, ist ja alles in Ordnung«, brummte Crake. »Er war immer wie ein Bluthund hinter den Spuren dieses unsichtbaren Schurken her, also hat es sicher nichts geschadet, wenn Sie zu zweit gejagt haben. Aber wenn Sie wirklich die Wahrheit wissen, wo zum Teufel haben Sie sie her?«

»Von Ihnen«, erwiderte der Priester ruhig und sah dem wütenden Veteranen gleichmütig ins Auge. »Ich glaube, daß eine Bemerkung in Ihrer Erzählung von dem Indianer, der ein Messer warf und einen Mann auf einem Fort tötete, mich zuerst auf die richtige Spur gebracht hat.«

»Das haben Sie schon ein paarmal gesagt«, bemerkte Wain mit verwunderter Miene, »aber ich weiß nicht, was Sie für Schlüsse daraus ziehen, außer dem, daß vielleicht ein Mörder einen Pfeil schleuderte und einen Mann oben auf einem Haus traf, das Ähnlichkeit mit einem Fort hat. Aber der Pfeil wurde doch nicht geschleudert, sondern

abgeschossen, und hätte doch auch noch weitergetragen. Obwohl er jedenfalls von weit genug herkam. Jedenfalls sehe ich nicht ein, wieso uns das weiterbringt.«
»Ich fürchte, Sie haben die Pointe der Geschichte nicht verstanden«, sagte Pater Brown. »Nicht darauf kommt es an, daß ein Gegenstand weit trägt, oder ein anderer weiter, sondern, daß ein Werkzeug auf zwei Arten angewendet wird. Die Soldaten auf Crakes Fort dachten, ein Messer sei nur im Nahkampf zu gebrauchen; sie vergaßen, daß es ein Geschoß sein kann wie ein Wurfspeer. Andere Leute, die ich kenne, dachten, eine andere Waffe sei ein Geschoß; sie vergaßen, daß man sie schließlich im Nahkampf gebrauchen kann wie einen Speer. Kurz und gut, die Moral der Geschichte ist die: kann man einen Dolch in einen Pfeil verwandeln, so auch einen Pfeil in einen Dolch.«
Aller Augen waren auf ihn gerichtet, er aber fuhr in demselben leichten und unbeirrten Ton fort:
»Selbstverständlich zerbrachen wir uns den Kopf darüber, wer den Pfeil durch das Fenster abschoß, ob er von weit kam, und so fort. Aber die Wahrheit ist, daß niemand den Pfeil abgeschossen hat. Er kam überhaupt nicht durchs Fenster.«
»Wie ist er aber dann sonst hereingekommen?« fragte der brünette Anwalt mit finsterem Gesicht.
»Irgend jemand hat ihn mitgebracht, möchte ich annehmen«, erwiderte der Priester. »Schwer zu tragen oder zu verbergen war er ja kaum, Jemand hatte ihn in der Hand, während er dort in Mertons eigenem Zimmer mit Merton am Fenster stand. Jemand stach ihn dem alten Merton wie einen Dolch in die Kehle und hatte dann die höchst intelligente Idee, das Ganze in einem solchen Winkel und einer solchen Lage anzuordnen, daß wir blitzschnell annehmen mußten, der Pfeil sei wie ein Vogel durchs Fenster geflogen.«
»Irgend jemand«, sagte der alte Crake mit einer Stimme,

die so schwer war wie ein Stein. Das Telefon läutete mit grellem und fürchterlich hartnäckigem Nachdruck. Es stand im nächsten Zimmer, und bevor jemand sich rührte, war Pater Brown schon dran.
»Zum Teufel, was soll das«, schrie Peter Wain, der ganz zerrüttet und verwirrt schien.
»Er sagte, er erwarte den Anruf des Sekretärs Wilton«, erwiderte sein Onkel mit derselben stumpfen Stimme.
»Vermutlich ist es Wilton«, fragte der Anwalt, wie jemand, der spricht, um eine Pause auszufüllen. Aber niemand antwortete auf seine Frage, bis Pater Brown plötzlich und lautlos im Zimmer erschien und die Erklärung mitbrachte.
»Meine Herren«, sagte er, nachdem er sich gesetzt hatte, »Sie haben mich gebeten, die Wahrheit über dieses Rätsel herauszubekommen. Ich habe die Wahrheit gefunden und muß sie sagen, ohne daß ich zum Schein den Versuch mache, den Schlag zu mildern. Wenn jemand erst einmal seine Nase in solche Dinge hineinsteckt, kann er es sich leider nicht leisten, irgendwelche Rücksichten zu nehmen.«
»Ich vermute«, brach Crake das Schweigen, »das soll heißen, daß wir alle angeklagt oder verdächtig sind.«
»Wir sind alle verdächtig«, erwiderte Pater Brown. »Auch ich, denn ich habe die Leiche gefunden.«
»Natürlich sind wir alle verdächtig«, schnappte Wain zurück. »Pater Brown hat mir freundlicherweise erklärt, wie ich den Turm mit Hilfe eines Flugzeugs geknackt habe.«
»Nein«, antwortete der Priester mit einem Lächeln. »Sie haben mir nur beschrieben, wie Sie ihn hätten knacken *können*. Das war gerade der interessante Teil unseres Gesprächs.«
»Er schien es auch ganz einleuchtend zu finden«, murrte Crake, »daß ich ihn mit Hilfe eines Indianerpfeils selber getötet habe.«
»Im Gegenteil, ich fand es ganz unwahrscheinlich«, sagte

Pater Brown und machte ein seltsames Gesicht. »Wenn ich Unrecht getan habe, tut es mir sehr leid. Aber mir ist kein anderer Weg eingefallen, wie ich der Angelegenheit sonst hätte beikommen können. Ich kann mir kaum etwas Unwahrscheinlicheres vorstellen als die Idee, daß Captain Wain in einem riesengroßen Flugzeug genau im Augenblick des Mordes am Fenster vorbeigeflogen sei, ohne daß jemand es bemerkt hätte. Nichts Unwahrscheinlicheres meine ich, als vielleicht noch die Idee, daß ein würdiger älterer Herr mit Pfeil und Bogen hinter den Büschen Indianer spielt, nur um jemanden zu töten, den er auf zwanzig einfachere Arten hätte töten können. Aber ich mußte herausfinden, ob Sie alle etwas mit der Sache zu tun hatten. Und darum hatte ich Sie anzuklagen, um Ihre Unschuld jeweils zu beweisen.«
»Und wie haben Sie dann Ihre Unschuld bewiesen?« fragte der Rechtsanwalt Blake und lehnte sich neugierig nach vorn.
»Dazu genügte die Aufregung, in die sie bei der Anklage gerieten«, antwortete sein Gegenüber.
»Was meinen Sie damit genau?«
»Wenn Sie mir mein Wort nachsehen wollen«, bemerkte Pater Brown ganz gefaßt, »so hielt ich es ganz ohne Zweifel für meine Pflicht, Sie und jedermann sonst zu verdächtigen. Ich habe Mr. Crake verdächtigt und Captain Wain, verdächtigt in dem Sinn, daß ich bei ihnen nach der Möglichkeit oder Wahrscheinlichkeit ihrer Schuld suchte. Ich erzählte ihnen, daß ich darüber Schlußfolgerungen gezogen hatte. Und jetzt will ich Ihnen erzählen, worin diese Schlußfolgerungen bestanden. Ich war nämlich sicher, daß sie alle unschuldig waren, und das aus zwei Gründen: aus der Weise, wie sie meine Winke aufnahmen, und aus der Beobachtung des Augenblicks, in dem sie von Unwissenheit zu Empörung übergingen. Solange sie nicht auf die Idee kamen, daß sie selber angeklagt sein könnten, gaben sie mir bereitwillig Material,

das eben diese Anklage unterstützen mußte. Jeder von ihnen erklärte mir praktisch bis ins Detail, wie er das Verbrechen hätte begehen können. Dann wurde ihnen plötzlich mit einem jähen Schrecken und einem Schrei der Empörung klar, daß ich sie angeklagt hatte. Es wurde ihnen lange nach dem Zeitpunkt klar, zu dem sie eine Anklage hätten erwarten können, aber doch noch lange bevor ich sie angeklagt hatte. Kein Schuldiger könnte so reagieren. Er könnte abweisend und mißtrauisch von Anfang an sein, oder er könnte Unwissenheit und Unschuld bis zum Ende simulieren. Aber er würde sicher nicht damit anfangen, daß er die Dinge für sich immer schlechter macht, und dann plötzlich aufschreckt und wie ein Wilder alle die Ideen abstreitet, die er doch selber erst mit erweckt hat. Das wäre nur möglich, wenn er wirklich nicht bemerkt hätte, was er da durch seine Worte mit wachgerufen hatte. Das Gewissen eines Mörders wäre aber immer auf morbide Weise wach genug, um ihn daran zu hindern, daß er erst eine Beziehung zu dem Mord ganz vergißt und sich zu spät daran erinnert, sie zu leugnen. So konnte ich Sie beide und auch andere aus anderen Gründen, die jetzt nichts zur Sache tun, aus dem Kreis der Verdächtigen ausschließen. Zum Beispiel gab es da den Sekretär – Aber davon spreche ich jetzt nicht. Passen Sie auf: eben habe ich mit Wilton telefoniert. Er hat mich ermächtigt, Ihnen eine ernste Nachricht mitzuteilen. Ich glaube, Sie wissen inzwischen alle, wer Wilton war und was er wollte.«

»Ich weiß es: er war auf der Fährte Daniel Dooms und konnte nicht ruhig schlafen, bevor er ihn hatte«, antwortete Peter Wain. »Ich habe auch gehört, daß er der Sohn des alten Horder sein soll und deshalb die Blutrache auf sich genommen hat. Jedenfalls ist er hinter diesem Daniel her.«

»Nun«, sagte Pater Brown, »er hat ihn gefunden.«
Peter Wain sprang aufgeregt vom Sessel auf.

»Den Mörder?« rief er; »ist der Mörder verhaftet?«
»Nein«, sagte Pater Brown ernst. »Ich habe Ihnen gesagt, daß die Nachricht ernst ist. Sie ist ernster als Sie meinen. Ich fürchte, der arme Wilton hat eine schwere Verantwortung auf sich geladen. Auch uns wird sie, fürchte ich, treffen. Er brachte den Verbrecher zur Strecke, und als er ihn gestellt hatte – ja, da hat er eben die Strafe selbst vollzogen.«
»Meinen Sie, daß Daniel –«
»Ich meine, daß Daniel Doom tot ist«, sagte der Priester. »Es gab einen Kampf, und Wilton tötete ihn.«
»Geschieht ihm recht«, brummte Mr. Crake.
»Man kann Wilton nicht übelnehmen, daß er einen solchen Verbrecher um die Ecke gebracht hat«, stimmte ihm Wain bei, »besonders wenn man an die Vendetta denkt.«
»Da bin ich anderer Meinung«, sagte Pater Brown. »Wir reden wohl alle manchmal Unsinn zusammen, wenn wir das Lynchen und die gesetzlose Willkür verteidigen. Aber ich glaube fast, daß wir es sehr bedauern würden, unserer Gesetze und Freiheiten verlustig zu gehen. Außerdem scheint es mir unlogisch, Wiltons Mord an dem Verbrecher zu verteidigen, ohne auch nur danach zu fragen, warum Doom seinerseits mordete. Ich weiß nicht, ob Daniel ein gewöhnlicher Verbrecher war – vielleicht war er ein Ausgestoßener und hatte eine fixe Idee, daß er den Pokal besitzen müsse. Vielleicht hat er ihn zuerst im guten verlangt, dann gedroht, und erst nach einem Kampf getötet – beide Opfer fanden nahe bei ihrem Hause den Tod. Was gegen Wiltons Vorgehen spricht, ist die Gewißheit, daß wir jetzt nie mehr etwas Näheres über Dooms Standpunkt erfahren werden.«
»Ach, für diese ganze sentimentale Verteidigung von schurkischen, schuftigen Mordgesellen habe ich nichts übrig«, rief Wain aufgebracht. »Wenn Wilton den Verbrecher kaltgemacht hat, so war das ein ordentliches Stück Arbeit, und damit basta!«

»Sehr richtig, sehr richtig.« Sein Onkel nickte lebhaft.
Pater Browns Miene wurde noch ernster, als er einen Blick über das Halbrund von Gesichtern schweifen ließ. »Ist das wirklich Ihrer aller Meinung?« fragte er. Und schon während dieser Frage verstand er, daß er ein Engländer, ein Außenstehender war. Er begriff, daß er sich unter Ausländern befand, auch wenn sie Freunde waren. Um diesen Ring von Ausländern kreiste ein ruheloses Feuer, das seinem Blut fremd war. Der wildere Geist der westlichen Nation, die es fertigbringt, sich zu empören, zu steinigen und – vor allem – sich zu verbünden. Er wußte, daß sie sich bereits verbündet hatten.
»Ja«, sagte Pater Brown mit einem Seufzer, »ich soll das wohl so verstehen, daß Sie endgültig das Verbrechen dieses Unglücklichen oder seine Privatrache – wie immer Sie es nennen wollen – gutheißen? Dann wird es ihm ja nichts schaden, wenn ich Ihnen mehr darüber mitteile.«
Er stand plötzlich auf. Sie verstanden die Bewegung nicht, aber auf sonderbare Weise schien sie die Luft des Zimmers zu verändern, ja abzukühlen.
»Wilton hat Doom auf recht merkwürdige Art getötet«, fing er an.
»Wie?« fragte Crake plötzlich.
»Mit einem Pfeil«, erwiderte Pater Brown. Dämmerung zog sich in dem langgestreckten Zimmer zusammen, das Tageslicht war nur noch ein schwaches Leuchten von dem großen Fenster im inneren Zimmer her, wo der große Millionär gestorben war. Fast automatisch wanderten die Augen der Gruppe langsam dorthin, aber noch hörte man keinen Laut. Dann endlich ertönte die Stimme des alten Crake, heiser, kreischend und senil, ein krähendes Geschwätz.
»Was soll das heißen? Was meinen Sie? – Brander Merton durch einen Pfeil getötet – dieser Verbrecher durch einen Pfeil getötet –«

»Durch denselben Pfeil«, sagte der Priester, »und im gleichen Augenblick.«
Wieder herrschte ein ersticktes und unheilvolles Schweigen. Dann begann der junge Wain: »Meinen Sie –«
»Ich meine, daß Ihr Freund Merton Daniel Doom war«, sagte Pater Brown fest. »Einen anderen Daniel Doom werden Sie nicht finden. Ihr Freund Merton war in den Pokal verliebt, den er jeden Tag anbetete wie einen Götzen; in seiner wüsten Jugend hat er zwei Menschen getötet, um in den Besitz des Kleinods zu gelangen. Freilich glaube ich auch jetzt noch, daß die beiden nur zufällig während des Einbruchs getötet wurden. Jedenfalls hatte er jetzt den Pokal. Drage kannte die Geschichte und erpreßte Geld von ihm. Aber Wilton war aus einem ganz anderen Grunde hinter ihm her. Vermutlich hat er die Wahrheit erst erfahren, als er schon hier im Hause war. Jedenfalls aber hat seine Jagd in diesem Hause und in dem Zimmer dort geendet, denn dort hat er den Mörder seines Vaters umgebracht.«
Lange Zeit antwortete niemand. Dann hörte man, wie der alte Crake mit den Fingern auf dem Tisch trommelte und brummte: »Brander war gewiß wahnsinnig. Ja, er muß wahnsinnig gewesen sein.«
»Aber um Himmels willen!« platzte Peter Wain los, »was sollen wir tun? Was sollen wir sagen? Das ändert ja alles! Was sollen wir mit den Zeitungen und den Geschäftsleuten anfangen? Brander Merton ist ungefähr so bedeutend wie der Papst oder der Präsident.«
»Ja gewiß, das ändert natürlich alles«, begann der Anwalt Barnard Blake leise. »Der Unterschied bringt mit sich –«
Pater Brown schlug mit der Hand auf den Tisch, daß die Gläser klirrten. Man konnte sich fast einbilden, daß ein gespenstisches Echo von dem geheimnisvollen Kelch erklang, der noch immer im Nebenzimmer stand.
»Nein!« rief er mit einer Stimme wie ein Pistolenschuß. »Es gibt keinen Unterschied. Ich habe Ihnen die Möglich-

keit gelassen, den armen Teufel zu bedauern, solange Sie ihn noch für einen gewöhnlichen Verbrecher hielten. Damals wollten Sie nicht auf mich hören – damals waren Sie nur für persönliche Rache. Sie waren dafür, ihn ohne Gehör und ohne öffentlichen Prozeß hinschlachten zu lassen wie ein wildes Tier. Sie sagten, es sei ihm recht geschehen. Gut, wenn Daniel Doom recht geschah, dann ist Brander Merton recht geschehen. Entscheiden Sie sich – für Lynchjustiz oder für unseren langweiligen Rechtsweg – aber im Namen des Allmächtigen, lassen Sie gleiche Willkür herrschen oder gleiches Gesetz.«
Niemand antwortete außer dem Anwalt, und er antwortete mit einem Knurren.
»Was wird die Polizei sagen, wenn wir ihr mitteilen, daß wir das Verbrechen gutheißen wollen?«
»Was wird sie sagen, wenn ich ihr mitteile, daß Sie es schon gutgeheißen haben?« antwortete Pater Brown. »Ihre Ehrfurcht vor dem Gesetz kommt etwas spät, Mr. Blake.«
Nach einer Pause fuhr er mit milderer Stimme fort: »Ich persönlich bin bereit, die Wahrheit zu sagen, wenn die zuständigen Stellen mich ausfragen. Sie alle können tun, was Ihnen beliebt. Aber es wird tatsächlich kaum etwas ausmachen. Wilton rief nur an, um mir zu sagen, daß ich jetzt die Freiheit hätte, Ihnen seine Beichte zu überbringen. Denn als Sie davon hörten, war er menschlicher Strafe bereits entzogen.«
Er ging langsam ins Nebenzimmer und trat an den kleinen Tisch, an dem der Millionär gestorben war. Die koptische Vase stand noch am gleichen Platz, und eine Weile blieb er dort stehen und betrachtete auf ihrer Oberfläche die Mischung aus allen Farben des Regenbogens und hinter ihr den blauen Himmel.

Der Dorfvampir

An der Biegung eines hügeligen Weges, dort, wo zwei Pappeln standen, die das winzige Dörfchen Potter's Pond, ein bloßes Knäuel von Häusern, wie Riesen überagten, da erging sich einst ein Mann, welcher, gekleidet in ein Kostüm höchst auffälligen Schnittes, zu seinem Aufzuge einen lebhaften magentaroten Mantel gewählt und dazu einen weißen Hut abgeschrägt auf seine ambrosisch schwarzen Locken gesetzt hatte, welche auf gewisse Art byroneskem Schnörkel in einem Backenbart ausliefen.
Das Rätsel der Ursache dafür, daß er Kleidung solch nachgerade phantastischer Antiquität auf sich hatte und sie nichtsdestoweniger mit einer Miene aus modischer Sicherheit und Hagestolzerei zugleich trug, dies war nur eines all der vielen Rätsel, die letztlich im Fortgange der Darlegung seines Schicksalsmysteriums gelöst werden sollten. Hier kommt es uns nun darauf an, daß, kaum hatte er die Pappeln passiert, er, wie es schien, verschwunden war; geradeso, als sei er in die bleichblasse und schwellende Dämmerung gesogen oder gleichsam fortgepustet worden vom Morgenwinde.
Nur etwa eine Woche hernach war es, daß sein Körper vielleicht eine Viertelmeile davon ab aufgefunden wurde, zerschellt auf den felsigen Gründen eines terrassierten Steingartens, der emporwies bis zu einem finsteren, gebrechlichen Haus, das The Grange hieß. Unmittelbar vor seinem Verschwinden war zufällig wahrgenommen worden, wie er ganz offenkundig stritt mit Umstehenden und insonderheit ihr Dörfchen verunglimpfte als »einen

miesen, kleinen Flecken«; und obdessen war angenommen worden, er habe eben hiermit einen Exzeß lokalpatriotischer Leidenschaft heraufbeschworen und sei fürderhand dessen Opfer geworden. Zumindest der Doktor bezeugte, daß sein Schädel einen heftigen Schlag erlitten hätte, welcher den Tod herbeigeführt haben könnte, wenngleich möglicherweise er beigebracht ward durch einen Knüppel oder eine Keule. Und dieses wiederum paßte sehr wohl zusammen mit der Erwägung eines Angriffs durch besonders wilde Bauerntölpel. Doch nichts führte auf die Spur irgendeines bestimmten Tölpels; und die gerichtliche Untersuchung erbrachte am Ende den Urteilsspruch, welchem gemäß es Mord gewesen, ausgeführt von Unbekannt.

Ein Jahr oder zwei darnach wurde der Akt auf kuriosem Wege neu geöffnet; nämlich durch eine Reihe von Geschehnissen, die einen gewissen Dr. Mulborough, von seinen Freunden Mulberry genannt, in treffender Anspielung auf etwas, das in seiner dunklen rundlichen Erscheinung wahrhaftig fruchtig und satt ausschaute und auf sein geziemlich purpurnes Antlitz, dahin geführt hatten, mit dem Zuge hinunter nach Potter's Pond zu reisen, und zwar in Begleitung eines Freundes, den er im Zusammenhang mit Problemen vorliegender Art schon des häufigen konsultiert hatte. Trotz des, sagen wir, portweinseligen und massiven Äußeren des Doktors verfügte er dennoch über ein flinkes Auge und war sehr wohl ein Mann von bemerkenswertem Verstande; welchen er, wie er empfand, in der Ratsuchung bei einem kleinen Priester namens Brown zu verwenden wußte und dessen Bekanntschaft er vor Jahren über einem Giftmord zu machen sich entsann. Der kleine Priester saß ihm gegenüber mit der Miene eines geduldigen Säuglings, welcher Erlerntes aufzusaugen sich befleißigte; und der Doktor erklärte die wahren Gründe für diese Reise.

»Ich kann mit dem Gentleman im Purpurmantel nicht

übereinstimmen, daß Potter's Pond nichts weiter wäre als ein mieses kleines Fleckchen. Aber gewiß ist es ein sehr abgelegenes und einsames Dörfchen; so daß es ganz und gar exotisch auszuschauen scheint wie ein Dorf von vor hundert Jahren. Die Jungfern hier sind wirklich Jungfern – hol mich der ... man kann sie schon beinahe wirklich am Spinnrad sitzen sehn. Die Damen hier sind nicht einfach nur Damen. Sie sind sozusagen Edelfrauen; und ihr Apotheker ist kein Apotheker, sondern ein Pharmakologe. Und sie lassen die Existenz eines gewöhnlichen Doktors gerade noch zu, daß er dem Apotheker assistiert. Denn mich sieht man eher an wie eine jugendliche Neuerung, weil ich erst siebenundfünfzig Jahre alt bin und diese Grafschaft erst achtundzwanzig Jahre lang bewohne. Der Rechtsanwalt sieht drein, als kenne er sie schon seit achtundzwanzigtausend Jahren. Dann ist da noch der alte Admiral, der einer Illustration aus Dickens gleichzukommen scheint; mit seinem Haus voller Stutzsäbel und Blackfische.«
»Ich nehme an«, sagte Pater Brown, »daß es immer eine gewisse Zahl von Admirälen gibt, die angeschwemmt an den Ufern weilen. Aber ich habe nie verstanden, wie sie es vermochten, so weit ins Land hineingespült zu werden.«
»Gewiß wäre keiner dieser halbtoten Fleckchen tief im Lande vollständig ohne diese kleinen Figuren«, sagte der Doktor. »Und dann gibt es natürlich noch die propere Sorte von geistlichen Herrn; Tory und High Church in muffigem Talar aus den Tagen des Erzbischofs Laud; doch altweibischer als jedes alte Weib. Der hiesige ist ein weißhaariger, gelehrtenhafter alter Vogel, der noch eher zu erschüttern ist als jede Jungfer. Tatsache ist, daß die Edeldamen hier, obwohl in den Prinzipien puritanisch, ziemlich deutliche Reden führen, eben wie die wahrhaften Puritaner es pflegten. Ein- oder zweimal habe ich erfahren, wie die alte Miss Carstairs-Carew sich so lebhaft ausdrückte, wie es die Heilige Schrift in ihren besten Stellen tut. Der gute alte

Pfarrer befleißigt sich im Studium der Bibel; aber ich stell'
mir lebhaft vor, wie er die Augen schließt, wenn er an die
besagten Stellen kommt. Nun ja, Sie wissen ja, daß ich
nicht sonderlich modern bin. Ich finde keinen Spaß im
Gewirbel und Lustfahren der Hellen Jungen Dinger ...«
»Die Hellen Jungen Dinger haben nicht mal Spaß daran«,
sagte Pater Brown. »Darin besteht ja die wahre Tragödie.«
»Aber natürlich bin ich gewiß um einiges mehr in Kontakt
mit der Welt als die Leute in diesem vorzeitlichen Dorf«,
fuhr der Doktor fort. »Und ich hatte einen Punkt erreicht,
an dem ich den Großen Skandal fast ersehnte.«
»Sagen Sie nicht, die Hellen Jungen Dinger hätten Potter's Pond am Ende doch gefunden«, bemerkte lächelnd
der Priester.
»Oh, sogar unser Skandal bewegt sich in von alt über-
kommenen Bahnen. Muß ich noch sagen, daß der Sohn
des Kirchenmannes unser Problem zu werden verspricht?
Es wäre fast regelwidrig, wenn der Pfarrerssohn die Regeln befolgte. Wenn ich es richtig sehe, weicht er sehr
sanft und fast widerstandslos von den Regeln ab. Er war
der erste, den man sein Bier vor der Tür des Blauen Löwen trinken sah. Es scheint nur, er ist ein Poet, was in diesen Breiten vom Wilderer nur ein Steinwurf weit ist.«
»Gewiß«, sagte Pater Brown, »kann das noch nicht einmal
in Potter's Pond der Große Skandal sein.«
»Nein«, erwiderte der Doktor ernst. »Der Große Skandal
begann so. In dem Haus, das sie The Grange nennen – es
liegt am hinteren Ende von The Grove, lebt eine Lady.
Eine Einsame Lady. Sie nennt sich Mrs. Maltravers (so jedenfalls sprechen wir das); aber sie kam erst vor ein oder
zwei Jahren hierher, und niemand weiß etwas über sie.
›Ich kann mir nicht vorstellen, warum sie hier leben will‹,
sagte Miss Carstairs-Carew, ›wir besuchen sie nicht.‹«
»Vielleicht ist das der Grund, warum sie hier leben will«,
sagte Pater Brown.
»Nun, ihre Abgeschiedenheit wird mit Argwohn betrach-

tet. Sie stößt sie vor den Kopf durch gutes Aussehen und sogar durch das, was man guten Stil zu nennen pflegt. Und jeder junge Mann wird vor ihr gewarnt, sie sei ein Vamp.«
»Menschen, die all ihre Nächstenliebe verlieren, verlieren gleich auch ihre Logik«, bemerkte Pater Brown. »Es ist reichlich lächerlich, sich darüber zu beklagen, daß sie für sich selber lebt, und ihr dann vorzuwerfen, sie würde die gesamte männliche Bevölkerung becircen.«
»Das ist wahr«, sagte der Doktor. »Und doch ist sie eine ziemlich verwirrende Person. Ich sah sie und fand sie irritierend; eine dieser braunen Frauen, groß und elegant und auf schöne Weise häßlich, wenn Sie verstehen, was ich meine. Sie ist reichlich gewitzt, und obwohl jung genug, macht sie auf mich den Eindruck von, was man so nennt, nun, Erfahrenheit. Was die alten Damen ›Vergangenheit‹ nennen.«
»All diese alten Damen scheinen erst in dieser Minute geboren worden zu sein«, gab Pater Brown zu beachten. »Ich denke, ich kann annehmen, daß geglaubt wird, sie habe den Pfarrerssohn becirct.«
»Ja, und das scheint ein äußerst schweres Problem für den armen alten Pfarrer zu sein. Man meint, sie sei Witwe.«
Pater Browns Gesicht zeigte ein Aufblitzen und einen Anfall einer bei ihm seltenen Irritation. »Man glaubt, sie sei Witwe, wie man annimmt, der Sohn des Pfarrers sei der Pfarrerssohn, und der Anwalt der Krone, glaubt man, sei der Anwalt der Krone und Sie seien ein Doktor. Warum zum Donner sollte sie keine Witwe sein? Haben Sie einen Funken von *prima-facie*-Beleg dafür, daran zu zweifeln, daß sie ist, was sie sagt, daß sie sei?«
Dr. Mulborough streckte abrupt seine breiten Schultern und setzte sich gerade auf.
»Gewiß haben Sie wiederum recht«, sagte er. »Aber wir sind noch nicht bei dem Skandal. Denn, nun ja, der Skandal besteht eben darin, daß sie eine Witwe ist.«
»Oh«, sagte Pater Brown; und sein Gesichtsausdruck ver-

änderte sich, und er sagte etwas Sanftes und kaum Hörbares, das fast so etwas wie »Mein Gott!« gewesen sein konnte.

»Zunächst einmal«, sagte der Doktor, »hat man bei Mrs. Maltravers eine Entdeckung gemacht. Sie ist Schauspielerin.«

»Das dachte ich mir schon«, sagte Pater Brown. »Zerbrechen Sie sich darüber nicht den Kopf. Ich dachte mir sogar noch etwas anderes, das belangloser gewesen wäre.«

»Nun, in diesem Falle war es Skandal genug, daß sie eine Schauspielerin war. Der gute alte Kirchenmann ist selbstverständlich am Herzen gebrochen bei dem Gedanken, daß seine weißen Haare von einer Schauspielerin und Abenteuerin in Kummer zu Grabe gebracht werden sollen. Die Jungfern quieken im Chor. Der Admiral gibt zu, daß er in der Stadt manchmal das Theater besucht hat, wendet sich aber entschieden gegen solche Dinge, wenn sie in ›unserer Mitte‹ stattfinden. Nun, ich habe natürlich keinerlei solche Einwände. Diese Schauspielerin ist ganz gewiß eine Lady, vielleicht etwas von einer Dunklen Lady, eben in der Manier der Sonette; der junge Mann ist sehr in sie verliebt; und ich, kein Zweifel, bin ein sentimentaler alter Esel, der heimliche Sympathie für den fehlgeleiteten Jungen empfindet, der heimlich um das Umgrabne Grange schleicht; und ich geriet in eine geradezu bäuerliche Beschränktheit des Denkens, was dieses Schäferidyll anbetrifft, als plötzlich der Donnerschlag kam. Und ausgerechnet ich, der einzige Mensch, der je irgendwelche Sympathien für diese Menschen hier empfand, bin jetzt gesandt, der Bote des Jüngsten Gerichtes zu sein.«

»Ja, ja«, sagte Pater Brown, »und *warum* sind Sie gesandt?«

Gewissermaßen stöhnend entrang der Doktor sich der Antwort: »Mrs. Maltravers ist nicht nur Witwe, sie ist auch noch die Witwe von Mr. Maltravers.«

»Es klingt wie eine grauenhafte Enthüllung, so wie Sie das sagen«, gab der Priester voller Ernst zu.

»Und Mr. Maltravers«, fuhr sein ärztlicher Freund fort, »war eben der Mann, der, wie es scheint, vor ein oder zwei Jahren in genau diesem Dorf ermordet worden ist; von dem man annimmt, daß er von einem der einfachen Dörfler einen heftigen Schlag auf den Kopf erlitt.«
»Ich erinnere mich, daß Sie es mir erzählten«, sagte Pater Brown. »Der Arzt, oder irgendein Arzt, sagte, er sei möglicherweise an einem Schlag mit einem Knüppel auf den Kopf gestorben.«
Mr. Mulborough schwieg eine Zeitlang in stirnrunzelnder Verlegenheit. Dann sagte er barsch:
»Hund frißt nicht Hund, und Ärzte beißen keine Ärzte, auch dann nicht, wenn sie verrückte Ärzte sind. Ich würde nicht daran denken, irgendwelche Überlegungen über meinen eminenten Vorgänger in Potter's Pond anzustellen, wenn ich es vermeiden könnte; aber ich weiß, daß Sie wirklich verschwiegen sind. Und, im Vertrauen gesagt, mein eminenter Vorgänger in Potter's Pond war ein hirnversengter Idiot; und versoffener Angeber und absolut unfähig. Ich wurde, ursprünglich vom Chiefkonstable der Grafschaft (denn ich habe in der Grafschaft lange gelebt, obwohl erst seit kurzem in diesem Dorf), darum gebeten, in die ganze Angelegenheit Einblick zu nehmen; die Vernehmungsprotokolle und Berichte der gerichtlichen Untersuchung und so fort. Und es besteht ganz einfach gar keine Frage. Maltravers kann am Kopf getroffen worden sein; er war ein spazierengehender Schauspieler, der jenen Ort passierte; und Potter's Pond scheint möglicherweise zu glauben, daß es nur der natürlichen Ordnung entspräche, wenn solchen Leuten auf den Kopf geschlagen wird. Derjenige aber, der ihm auf den Kopf schlug, hat ihn nicht getötet; bei dieser Verletzung, wie beschrieben, ist es schlechterdings unmöglich, ihn für mehr als ein paar Stunden außer Gefecht zu setzen. Aber unlängst gelang es mir, einige andere Tatsachen in diesem Zusammenhang zutage zu fördern;

und was daraus zu schließen ist, ist ziemlich scheußlich.«
Er saß da, blickte in die Landschaft hinaus, die am Fenster vorübereilte, und sagte dann, noch um etliches barscher:
»Ich komme also zur Sache und bitte Sie um Ihre Hilfe, weil es um eine Exhumierung geht. Es gibt einen äußerst starken Verdacht, daß Gift im Spiel war.«
»Und da wären wir am Bahnhof«, sagte Pater Brown ausgelassen. »Ich nehme an, daß Ihre Idee dahin geht, eine Vergiftung des armen Mannes müsse natürlicherweise zu den Haushaltspflichten seiner Frau gehören?«
»Nun, es sieht so aus, als habe es hier sonst niemanden weiter gegeben, der irgendwelche besonderen Verbindungen zu ihm hatte«, erwiderte Mulborough, als sie den Zug verließen. »Zumindest gibt es da einen merkwürdigen alten Bekannten von ihm, einen heruntergekommenen Schauspieler, der sich in der Gegend herumtreibt; aber die Polizei und der örtliche Anwalt scheinen überzeugt, daß er ein unausgeglichener Wichtigtuer ist; mit irgendeiner *idée fixe* eines Streits mit einem Schauspieler, der sein Feind war; der aber mit Sicherheit nicht Maltravers war. Ein wandernder Zufall sozusagen, der ganz sicher nichts mit dem Giftproblem zu tun hat.«
Pater Brown hatte von der Geschichte gehört. Aber er wußte, daß er eine Geschichte nie richtig kannte, bevor er nicht auch die handelnden Figuren der Geschichte kannte. Die nächsten zwei oder drei Tage verbrachte er damit, seine Runden zu drehen, um mit Hilfe einer oder der anderen Entschuldigung als Vorwand die Hauptakteure in diesem Drama aufzusuchen. Sein erstes Interview mit der geheimnisumwitterten Witwe war kurz aber erhellend. Daraus nämlich ergaben sich für ihn wenigstens zwei Tatsachen; zum einen, daß Mrs. Maltravers zuweilen in einer Art und Weise zu reden geruhte, welche das viktorianische Dorf zynisch zu nen-

nen pflegte, und zum zweiten, daß sie, wie nicht wenige Schauspielerinnen, seiner eigenen religiösen Gemeinschaft angehörte.

Er war nicht so unlogisch (geschweige denn so unorthodox), allein hieraus zu folgern, sie müsse von dem angenommenen Verbrechen freigesprochen werden. Er war sich sehr deutlich bewußt, daß sich seine alte religiöse Gemeinde immerhin einiger ausgezeichneter Giftmörder rühmen konnte. Aber es bereitete ihm keinerlei Schwierigkeiten, die Verbindung herzustellen, die in dieser Art Fall von ihr herüberführte zu einer gewissen Art intellektueller Freizügigkeit, die diese Puritaner hier mit dem Wort Laxheit abzuurteilen pflegten und die diesem begrenzten Fleckchen eines vergangenen England gerade kosmopolitisch vorkommen mußte. Wie dem auch sei, er war sicher, daß sie viel gelten konnte, sei es im guten oder im schlechten Sinne. Ihre braunen Augen waren tapfer bis zur Kampfbereitschaft, und ihr rätselhafter Mund, humorvoll und recht groß, ließ schließen, daß ihre Absichten hinsichtlich des poetischen Sohns des Pfarrers, egal welcher Natur auch immer, reichlich tief sein durften.

Der poetische Sohn des Pfarrers selber, interviewt inmitten größter Dorfklatscherei auf einer Bank vor dem Blauen Löwen, machte den Eindruck des inkarnierten Trotzes. Hurrel Horner, Sohn des ehrenwerten Rev. Samuel Horner, war ein breitschultriger junger Mann in einem grauen Anzug mit einem Anflug gewisser künstlerischer Attitüde in Gestalt einer blaßgrünen Krawatte, an dem ansonsten die Mähne rötlichbraunen Haars und ein ständiger Groll am auffälligsten waren. Doch Pater Brown hatte, auch in diesem Falle, die gute Gabe, Menschen, die eigentlich kein einziges Wort zu sagen bereit waren, ausführlich zum Sprechen zu bringen. Die Erwähnung der Skandalkrämerei innerhalb des Dorfes veranlaßte den jungen Mann zu ganz und gar nicht wortkargen Flüchen. Er lieferte sogar noch seinen eigenen Beitrag an

Skandalkrämerei dazu. Bitter bezog er sich auf die der Vergangenheit angehörenden behaupteten Liebeleien zwischen der puritanischen Miss Carstairs-Carew und dem Anwalt Mr. Carver. Er beschuldigte diesen Juristen sogar des Versuchs, sich zur Bekanntschaft mit Mrs. Maltravers zu zwingen. Als er aber auf seinen eigenen Vater zu sprechen kam, ob aus sauertöpfischer Sittsamkeit oder Frömmigkeit, oder aber, weil sein Zorn ihm die Sprache verschlug, preßte er nur wenige schnappende Wörter heraus.

»Na, da haben wir's ja. Er denunzierte sie Tag und Nacht als angepinselte Abenteuerin; eine Art Bardame mit goldenen Haaren. Ich sage ihm, sie ist das nicht; Sie haben sie ja selbst gesehen, und Sie wissen doch auch, daß es nicht so ist. Aber er will sie noch nicht einmal sehen. Er will sie nicht einmal auf der Straße anschauen oder nach ihr aus dem Fenster sehen. Eine Schauspielerin, ach!, die würde sein Haus beschmutzen, und erst recht seine geheiligte Anwesenheit. Wenn man ihm sagt, er sei ein Puritaner, dann sagt er, er sei stolz darauf, Puritaner zu sein.«

»Ihr Vater«, sagte Pater Brown, »kann verlangen, daß seine Ansichten respektiert werden, egal, welcher Art sie sind; es sind zwar nicht die Ansichten, die ich selbst sehr gut verstehen würde. Aber ich stimme zu, daß er nicht das Recht hat, eine Dame zu richten, die er nie gesehen hat, und sich dann weigert, sie überhaupt zu sehen, um herauszufinden, ob er im Recht wäre. Das ist nicht logisch.«

»Das ist nun einmal seine felsenfeste Überzeugung«, antwortete der Junge. »Nicht einmal eine Sekundenbegegnung. Nur zu natürlich, daß er gegen meine anderen Theaterinteressen genauso wütet.«

Pater Brown nutzte flink die ihm gebotene Öffnung und erfuhr vieles von dem, was er wissen wollte. Besagte Poesie, die auf den Charakter dieses Jünglings solche Schat-

ten warf, war fast ausschließlich dramatische Dichtung. Er hatte Tragödien in Versen verfaßt, die von guten Richtern bewundert wurden. Er war auch kein bloßer Bühnen-Narr; Tatsache war, daß er in keinerlei Hinsicht ein Narr war. Er hatte einige wirklich originelle Ideen, was das Aufführen von Shakespeare betraf; es war leicht einzusehen, daß er von der Entdeckung der Lady vom Grange betört und beglückt gewesen war. Und des Paters geistige Zuneigung hatte am Ende den Rebellen von Potter's Pond so weit gezähmt, daß er beim Abschied sogar lächelte.
Es war ebendies Lächeln, welches Pater Brown plötzlich offenbarte, wie elend es dem jungen Mann in Wirklichkeit erging. Solange er die Stirn runzelte, mochte es bei ihm sehr wohl pures Schmollen sein; lächelte er jedoch, dann entlarvte sich sein Kummer um so deutlicher.
Irgend etwas fuhr fort, den Priester wegen dieser Unterredung mit dem Poeten zu bewegen. Ein innerer Instinkt versicherte ihm, daß dieser unnachgiebige junge Mensch sich von innen her noch weit heftiger verzehrte als in der konventionellen Geschichte von den konventionellen Eltern, die dem Fortgang wahrer Liebe Hindernis sind. Und dies um so mehr, als es keinerlei andere offenkundige Ursachen gab. Der Junge war schon ziemlich erfolgreich, als Lyriker und als Dramatiker; von seinen Büchern konnte man sagen, daß sie sich verkauften. Er trank auch nicht und tat alles andere, als mit seinen Pfunden etwa nicht zu wuchern. Seine notorischen Schwelgereien im Blauen Löwen schrumpften zu einem einzigen Glas leichten Bieres; und es schien, als sei er im Umgang mit dem Gelde ebenso behutsam. Pater Brown erwog eine zusätzliche Komplikation in Verbindung mit Hurrels umfangreichen Mitteln und den geringen Ausgaben; und seine Stirn umwölkte sich.
Das Gespräch mit Miss Carstairs-Carew, das er als nächstes aufnahm, war mit Sicherheit drauf angelegt, den Pfarrerssohn in den schwärzesten Farben zu schildern.

Aber da es seiner Verteufelung und Beschuldigungen all jener besonderen Untugenden gewidmet war, von denen Pater Brown sicher war, daß sie dem jungen Mann abgingen, führte er diese zurück auf die verbreitete Mischung aus Puritanismus und Klatschbedürfnis. Die Dame, obwohl stolz, war dennoch recht anmutig und bot dem Besucher nächstens ein kleines Glas Portwein samt einem Stück Mohnkuchen in der Manier der allerältesten Großtante an, wie man sie sich allenthalben vorzustellen pflegt, bevor es ihm gelang, einer Predigt über den allgemeinen Verfall von Sitte und Moral rechtzeitig zu entkommen.

Seine nächste Anlaufstelle war von schrillem Kontraste; denn er verschwand in den Tiefen einer dunklen und schmutzigen Gasse, in die Miss Carstairs-Carew ihm nicht einmal in Gedanken zu folgen bereit gewesen wäre; und dann in einem engen Mietshaus, das noch lauter erschien aufgrund einer heftig deklamierenden Stimme in einer Dachkammer. . . . Aus dieser tauchte er alsbald wieder auf, mit dem Ausdruck der Benommenheit und bis auf die Straße verfolgt von einem äußerst erregten Mann mit blauem Kinn und schwarzem, zu Flaschengrün verblichenem Gehrock, der streitlustig ausrief:

»Er ist nicht verschwunden! Maltravers ist niemals verschwunden! Er erschien: er erschien tot, und ich bin lebendig erschienen. Aber wo steckt der Rest der Truppe? Wo steckt der Mensch, dieses Monster, der mir einfach meine Zeilen stahl, meine besten Szenen geschädigt und meine Karriere ruiniert hat? Ich war der größte Schauspieler, der je die Bretter betrat. Er spielte den Shylock – dafür brauchte er sich nicht verstellen! Und so sprang er um mit der größten Chance meiner gesamten Karriere. Ich kann Ihnen Zeitungsausschnitte zeigen über mich als Fortinbras – –«

»Ich bin davon überzeugt, daß Sie vorzüglich waren und das Lob wohlverdient haben«, keuchte der kleine Priester.

»Ich hatte es so verstanden, daß die Truppe das Dorf verlassen hat, bevor Maltravers starb. Aber es ist gut so. Es ist alles in Ordnung.« Und er eilte wieder die Straße hinunter.

»Er sollte den Polonius spielen«, fuhr der unstillbare Redner hinter ihm fort. Pater Brown blieb, wie vom Blitze getroffen, stehen.

»Oh«, sagte er ganz langsam, »er sollte den Polonius spielen.«

»Dieser Schuft Hankin!« schrillte der Schauspieler. »Folgt seiner Spur. Folgt ihm bis an das Ende dieser Welt! Natürlich hat er das Dorf verlassen; seid dessen recht gewiß. Folgt ihm – findet ihn; und mögen ihn alle Flüche des – –«
Der Priester aber rannte aufs neue die Straße hinunter.

Zwei sehr viel prosaischere und möglicherweise praktischere Unterredungen folgten dieser melodramatischen Szenerie. Zuerst suchte er die Bank auf, wo er für zehn Minuten mit dem dortigen Direktor in Klausur ging; und dann machte er dem alten und liebenswerten Pfarrer seine geziemende Aufwartung. Hier wieder schien ihm alles wie beschrieben, unverändert und offenkundig unveränderbar; ein, zwei Anflüge der Hingabe an eher schmucklose Traditionen, in Gestalt eines schmalen Kruzifixes an der Wand, der großen Bibel auf dem Bücherbord und des alten Herrn Eröffnungslamento über die zunehmende Mißachtung des Sonntags; all dies aber mit einem Beigeschmack von Vornehmheit, die nicht ohne ihre kleinen Feinheiten und den Anzeichen verblichenen Luxus war.

Auch der Pfarrer bot dem Gaste ein Gläschen Port; doch begleitete er es mit einem alten britischen Biskuit statt mit Mohnkuchen. Wieder hatte der Priester das eigenartige Gefühl, daß alles beinahe zu perfekt war und daß er sich ein Jahrhundert zurückversetzt fühlte. Lediglich in einem Punkte weigerte sich der liebenswerte alte Pfarrer, weiterhin in Liebenswürdigkeiten zu zerschmelzen; sanft, doch

gleichwohl dezidiert hielt er aufrecht, daß sein Gewissen ihm nicht verstattete, einen Bühnenschauspieler an seinen Tisch zu laden. Dennoch stellte Pater Brown mit dem Ausdruck von Wohlgefallen und Dank alsbald sein Gläslein Port ab und ging, um seinen Freund, den Doktor, verabredungsgemäß aufzusuchen; von wo aus dann beide zu den Büros von Mr. Carver dem Anwalt gingen.
»Ich nehme an, Sie haben die trübselige Runde gedreht«, hub der Doktor an, »und fanden, daß es ein äußerst trostloses Dorf ist.«
Pater Browns Antwort kam scharf und fast schrill.
»Nennen Sie Ihr Dorf nicht trostlos. Ich versichere Ihnen, es ist in der Tat ein ganz außergewöhnliches Dorf.«
»Ich beschäftige mich mit der einzigen außergewöhnlichen Angelegenheit, die jemals hier geschehen ist, würde ich meinen«, gab Dr. Mulborough zu bedenken. »Und sie ist erst noch jemandem von außerhalb widerfahren. Ich darf Ihnen sagen, daß die Exhumierung unbemerkt letzte Nacht gelungen ist; und ich habe die Autopsie heute morgen durchgeführt. Geradeheraus, wir haben einen Leichnam ausgegraben, der randvoll bis obenhin mit Gift gefüllt ist.«
»Ein Leichnam, mit Gift gefüllt«, repetierte Pater Brown fast abwesend. »Glauben Sie mir, Ihr Dorf birgt noch etwas viel Ungewöhnlicheres als das.«
Plötzliche Stille, gefolgt von dem genauso plötzlichen Zug an der antiquierten Türglocke auf der Veranda des Anwaltshauses; und bald wurden sie in die Gegenwart jenes Ehrenmannes geleitet, welcher sie seinerseits einem weißhaarigen, gelbgesichtigen Gentleman mit einer Narbe vorstellte, der sich als Admiral zu erkennen gab.
Zu dieser Zeit war die Atmosphäre des Dorfes beinahe in das Unterbewußtsein des kleinen Priesters abgeglitten; aber ihm war bewußt, daß der Anwalt in der Tat zu jener Sorte von Anwälten gehörte, die Leuten wie Miss Carstairs-Carew mit ihrem Rat zur Seite standen. Doch ob-

schon er ein archaischer alter Kauz war, schien er doch mehr zu sein als ein Fossil. Möglicherweise lag das an der Uniformität des Hintergrundes; trotzdem – auch hier wieder hatte der Priester das kuriose Empfinden, daß er selbst zurückverpflanzt worden war in das frühe neunzehnte Jahrhundert, eher als daß der Anwalt von damals bis heute in das frühe zwanzigste hinein überlebt hätte. Kragen und Halsbinde sahen beinahe aus wie ein Stehkragen, in den er sein langes Kinn wie hineingehängt trug; aber sie waren sauber und klar geschnitten; und es war sogar etwas von einem vertrockneten alten Dandy an ihm. Kurzum, er war das, was man allenthalben gut gehalten nennt, wenn auch teilweise aufgrund gewisser Versteinerungen.
Der Anwalt und der Admiral, sogar der Doktor auch, legten einige Überraschtheit an den Tag, als sie entdeckten, daß Pater Brown äußerst geneigt schien, den Pfarrerssohn gegen die ortsüblichen Lamentiererein im Namen des Pfarrers zu verteidigen.
»Ich selbst fand unseren jungen Freund recht attraktiv«, sagte er. »Er ist ein guter Redner, und ich darf annehmen, ein guter Dichter dazu; und Mrs. Maltravers, die mich zumindest letzterer Tatsache zu versichern wußte, sagt, er sei ein bemerkenswert guter Schauspieler.«
»In der Tat«, sagte der Anwalt. »Potter's Pond, von Mrs. Maltravers abgesehen, ist eher geneigt zu fragen, ob er ein ebenso guter Sohn ist.«
»Er ist ein guter Sohn«, sagte Pater Brown. »Das ist ja das Außergewöhnliche.«
»Zum Teufel mit der ganzen Sache«, sagte der Admiral. »Wollt Ihr damit sagen, er ist auf seinen Vater stolz?«
Der Priester zögerte. Dann sagte er: »Hierüber bin ich mir nicht im klaren. Das ist das andere Außergewöhnliche.«
»Was zum Teufel meint Ihr damit?« begehrte der Seemann mit nautischer Ruchlosigkeit.
»Ich meine damit«, sagte Pater Brown, »daß der Sohn von

seinem Vater noch immer in hartem, nicht entschuldigendem Ton spricht. Ich hatte ein Gespräch mit dem Bankdirektor, und da wir vertrauliche Untersuchungen eines ernst zu nehmenden Verbrechens anstellten, berichtete er mir Tatsachen. Der alte Pfarrer hat demnach die Gemeindearbeit aufgegeben und sich aufs Altenteil zurückgezogen; Dies hier ist nie seine ihm unterstellte Gemeinde gewesen. Der alte Mann verfügt über keinerlei eigene Mittel, aber der Sohn verdient gutes Geld; und für den alten Mann ist somit gut gesorgt.

»Was für ein Vorbild von Sohn«, sagte Carver spöttisch.

»Aber kein wahres«, erwiderte Pater Brown nachdenklich.

In diesem Augenblick brachte ein Sekretär einen unfrankierten Brief, den der Anwalt nach einem flüchtigen Blick darauf zerriß. Als die Papierfetzen zu Boden fielen, erspähte der Priester die Unterschrift »Phoenix Fitzgerald«.

»Das ist ein melodramatischer Schauspieler. Er liegt in Fehde mit irgendeinem mausetoten Komödianten, der nichts mit dem Fall zu tun haben kann«, sagte Carver. »Niemand will ihn sehen, mit Ausnahme des Doktors, der bestätigt, daß er verrückt ist.«

»Da hat er möglicherweise recht«, meinte Pater Brown.

»Recht?« rief Carver scharf. »Recht womit?«

»Damit, daß er mit der Theatergruppe in Verbindung gebracht wird. Wissen Sie, was mich bei dieser Geschichte sofort stutzig gemacht hat? Die Bemerkung, daß Maltravers von den Dorfbewohnern getötet worden sei, weil er sie beleidigt habe. Es ist schon ungewöhnlich, was amtlich vereidigte Spezialisten die Geschworenen glauben machen können; und Journalisten sind, leichtgläubig. Sie wissen nicht viel über englische Bauern. Können Sie sich einen englischen Landarbeiter vorstellen, der sein Dorf idealisiert und personifiziert wie der Bewohner eines alten griechischen Stadtstaates? Ganz bestimmt nicht. Oder können Sie einen fröhlichen greisen Dorfalten hören, wie er sagt:

›Blut allein kann den einen Fleck auf dem Wappenschild von Potter's Pond abwaschen‹? Bei Sankt Georg und dem Drachen, ich wünschte, Sie könnten es! Aber, Tatsache ist, ich habe ein praktischeres Argument für die andere Ansicht.«

Er pausierte einen Moment, als wollte er seine Gedanken sammeln, und fuhr dann fort:

»Sie mißverstehen die Bedeutung jener wenigen letzten Worte, die man den armen Maltravers hat sagen hören. Er hatte den Dörflern nicht gesagt, daß das Dorf nur ein kleiner Flecken* wäre. Er hatte zu einem Schauspieler gesprochen; sie waren dabei, eine Vorstellung zu proben, in der Fitzgerald den Fortinbras, der unbekannte Hankin den Polonius und Maltravers, ganz ohne Zweifel, Hamlet den Prinzen von Dänemark, spielen sollten. Möglich, daß irgend jemand anderes die Rolle haben wollte oder zumindest andere Ansichten zu der Rolle gehabt hat; und Maltravers hat wütend geantwortet: ›Du wärst ein miserabler kleiner Hamlet‹; das ist alles.«

Dr. Mulborough starrte vor sich hin; er schien diese Möglichkeit langsam, aber ohne Schwierigkeiten zu verdauen. Schließlich sagte er, noch bevor die anderen etwas sagen konnten:

»Und was schlagen Sie vor, was wir jetzt tun sollten?«

Pater Brown erhob sich abrupt; aber er sprach gesittet genug. »Wenn die Gentlemen uns einen Moment entschuldigen wollen. Ich schlage vor, daß Sie und ich, Doktor, sofort hinüber zu den Horners gehen sollten. Ich weiß, daß der Pfarrer und sein Sohn jetzt zu Hause sind. Und was ich tun möchte, Doktor, ist dies. Niemand im Dorf weiß bereits, nehme ich doch an, etwas über Ihre Autopsie und ihr Ergebnis. Ich möchte ganz einfach, daß Sie dem Pfarrer und seinem Sohn, während sie zusammen dort sind, die genauen Tatsachen des Falles erläutern; daß

---

* engl.: *hamlet*

Maltravers durch Gift und nicht durch einen Schlag getötet wurde.«
Dr. Mulborough hatte Grund, seine Zweifel zu überdenken, die ihm kamen, als ihm von diesem als einem außergewöhnlichen Dorf gesprochen wurde. Die Szene, die sich ihm offenbarte, als er das Programm des Priesters durchführte, war gewißlich von jener Sorte, in der ein Mensch, wie man zu sagen pflegt, kaum seinen Augen traut.
Der ehrenwerte Rev. Samuel Horner stand da in seiner schwarzen Soutane, die das Silber seines ehrwürdigen Hauptes noch hervorhob; jetzt ruhte seine Hand auf dem Stehpult, an dem er so oft beim Studium der Schrift stand, wenn nun auch nur aus Zufall; dies aber verlieh ihm einen eindringlicheren Ausdruck der Autorität. Ihm gegenüber saß sein aufrührerischer Sohn hingeräkelt auf einem Stuhl und zog mit ungewöhnlich finsterem Blick an einer billigen Zigarette; ein lebendiges Bild jugendlicher Unfrömmigkeit.
Der alte Mann winkte Pater Brown höflich zu, sich zu setzen, was er auch tat, um sodann schweigend und milde zur Decke zu schauen. Aber Mulborough hatte von irgendwoher das Gefühl, daß er seine wichtigen Neuigkeiten mit mehr Nachdruck im Stehen würde vortragen können.
»Ich bin der Ansicht«, sagte er, »daß Sie, als in gewissem Sinne der geistige Vater dieser Gemeinde, benachrichtigt werden sollten, daß eine schreckliche Tragödie in ihrer Beurkundung eine neue Richtung erhalten hat; eine möglicherweise noch schrecklichere. Sie werden sich der traurigen Angelegenheit des Todes von Maltravers entsinnen; der richterlicherseits erkannt worden war als Folge eines Stockschlags, der möglicherweise beigebracht worden sei von der Hand eines dörflichen Feindes.«
Der Geistliche machte mit bebender Hand eine Bewegung. »Der Herr behüte«, sagte er, »daß ich irgend etwas

sage, was möglicherweise tödliche Gewalt in welchem Falle auch immer bemänteln könnte. Doch wenn ein Schauspieler seinen Wahn in dieses unbefleckte Dorf trägt, so fordert er den Richtspruch Gottes heraus.«
»Möglich«, sagte der Doktor ernst. »Wie dem auch sei, so fiel der Richtspruch nicht. Ich bin gerade beauftragt worden, ein *post mortem* der Leiche durchzuführen; und ich kann Ihnen versichern, erstens, daß der Schlag auf den Kopf unmöglich den Tod herbeigeführt haben kann; und, zweitens, daß der Körper mit Gift angefüllt war und dies ohne Zweifel den Tod herbeigeführt hat.«
Der junge Hurrel Horner schnippte seine Zigarette in die Luft und sprang auf die Beine mit der Leichtigkeit und Schnelligkeit einer Katze. Sein Sprung schnellte ihn bis einen knappen Meter vor das Stehpult.
»Sind Sie sicher?« keuchte er. »Sind Sie absolut sicher, daß der Schlag den Tod nicht gebracht hat?«
»Absolut sicher«, sagte der Doktor.
»Nun«, sagte Hurrel, »ich wünschte fast, der hier könnte es.« Blitzschnell, bevor irgend jemand auch nur einen Finger rühren konnte, hatte er dem Pfarrer einen mächtigen Schlag auf den Mund versetzt, der ihn gegen die Tür schleuderte wie eine verrenkte schwarze Puppe.
»Was tust du da?« schrie Mulborough, der von Kopf bis Fuß von dem Schock und dem bloßen Geräusch des Schlags erzitterte war. »Pater Brown, was tut dieser Verrückte da?«
Doch Pater Brown hatte sich nicht im mindesten gerührt; er starrte noch immer friedlich zur Decke.
»Ich hatte erwartet, daß er das tun würde«, sagte der Priester mild. »Ich wundere mich überhaupt, warum er das nicht schon viel früher getan hat.«
»Guter Gott«, rief der Doktor. »Ich wußte wohl, daß er in einigen Dingen gefehlt haben muß; aber seinen Vater zu schlagen; einen Geistlichen und Nichtkämpfer zu schlagen – –«

»Er hat nicht seinen Vater geschlagen; und er hat keinen Geistlichen geschlagen«, sagte Pater Brown. »Er hat einen erpresserischen Lump von Schauspieler geschlagen, der sich als Pfarrer verkleidet hat und der von ihm jahrelang schmarotzt hat wie ein Egel. Jetzt weiß er, daß er von Erpressung frei ist, und da schlägt er zu; und ich kann nicht einmal sagen, daß ich ihn deswegen tadeln würde. Dies noch weniger, als ich den äußerst intensiven Argwohn hege, daß der Erpresser auch der Vergifter ist. Ich denke, Mulborough, Sie sollten besser die Polizei rufen.«
Sie verließen das Zimmer, ohne von den beiden anderen in irgendeiner Weise daran gehindert worden zu sein; der eine noch benommen und schwankend, der andere noch immer blind und schnaubend und keuchend vor leidenschaftlicher Wut und Erleichterung. Doch als sie hinaus waren, wandte Pater Brown dem jungen Mann noch einmal sein Antlitz zu, und der junge Mann war eines der ganz wenigen Menschenwesen, die dieses Gesicht jemals unversöhnlich gesehen haben.
»Recht hat er gehabt«, sagte Pater Brown. »Wenn ein Schauspieler seinen Wahn in dieses unschuldige Dorf trägt, fordert er den Richtspruch Gottes heraus.«

»Nun«, sagte Pater Brown, als er und der Doktor es sich wieder in einem der Eisenbahnwagen gemütlich machten, die an der Station von Potter's Pond standen. »Wie Sie schon sagten, das ist eine seltsame Geschichte; aber ich denke, es ist keine Rätselgeschichte mehr. Wie dem auch sei, für mich scheint die Geschichte in groben Zügen diese gewesen zu sein: Maltravers kam hier mit einem Teil der Tourneetruppe her; einige von ihnen zogen schnurstracks weiter nach Dutton-Abbot, wo sie alle zusammen in einem Melodrama über das neunzehnte Jahrhundert auftraten; er selbst vertrieb sich hier die Zeit, und zwar in seiner Bühnengarderobe, eben genau dem Kleide eines Dandy jener Zeit. Ein weiterer Mitspieler war ein altmodischer Pfarrer, dessen schwarzer Rock weniger elegant war und hier für einfach nur altmodisch gehalten wurde. Diese Rolle war von dem Manne übernommen worden, der fast ausschließlich alte Männer spielte; hatte den Shylock gespielt und sollte danach die Rolle des Polonius übernehmen.

Eine dritte Figur in diesem Drama war die unseres dramatischen Dichters, der auch noch ein dramatischer Schauspieler war und mit Maltravers darüber gestritten hatte, wie man *Hamlet* auf die Bühne bringen sollte – aber auch über persönliche Dinge. Ich halte es durchaus für möglich, daß er sogar schon zu diesem Zeitpunkt in Mrs. Maltravers verliebt gewesen ist; ich glaube nicht, daß irgend etwas mit ihm nicht in Ordnung war; und ich hoffe, daß es jetzt mit den beiden vorangeht. Aber er mag wohl Maltravers dessen eheliches Verhalten verübelt haben; denn Maltravers war ein Raufbold und brach gerne Streitereien vom Zaun. In solch einem Streit fochten die beiden mit Stöcken, und der Poet traf Maltravers hart am Kopf und hatte, im Lichte der ersten Untersuchung, sogar allen Grund anzunehmen, ihn getötet zu haben.

Eine dritte Person war zugegen oder zumindest Mitwisser des Vorfalls, eben jener Mann, der den Pfarrer darstellte; und er fuhr fort, den vermeintlichen Mörder zu erpressen, indem er ihn zwang, die Kosten zur Aufrechterhaltung des einem Pfarrer im Ruhestand angemessenen Luxus zu tragen. Es war die ganz offensichtliche Maskerade für solch einen Mann an solch einem Ort, einfach seine Bühnenkleider auch noch als ein Geistlicher im Ruhestand anzubehalten. Jedoch hatte er seine Gründe, ein ganz besonders ruheständlerischer Pfarrer zu sein. Denn die wirkliche Geschichte des Todes von Maltravers ist die, daß er in einen tiefen Unterwuchs von Farnkraut rollte, allmählich wieder zu sich kam, auf ein Haus loszugehen versuchte und schließlich überwältigt wurde, nicht etwa von dem Stockschlag, sondern von der Tatsache,

daß der so gutherzige Pfarrer ihm eine Stunde zuvor Gift verabreicht haben mußte, möglicherweise in einem Glas Port. Ich fing an, mich mit diesem Gedanken vertraut zu machen, als ich ein Glas vom Portwein des Pfarrers trank. Es machte mich ein wenig nervös. Die Polizei beschäftigt sich zur Zeit mit dieser Theorie; doch ob sie in der Lage sein wird, für diesen Teil der Geschichte Beweise zu finden, weiß ich nicht. Sie werden das genaue Motiv finden müssen; aber feststeht, daß dieser Haufen von Schauspielern von einem Streit in den nächsten verfiel und Maltravers außerdem noch äußerst unbeliebt war.«
»Die Polizei kann vielleicht einiges beweisen, jetzt, wo sie einen Verdacht hat«, sagte Dr. Mulborough. »Was ich nicht verstehe, ist, warum Sie überhaupt argwöhnisch geworden sind. Warum um alles in der Welt kamen Sie auf diesen so untadeligen schwarzberockten Gentleman?«
Pater Brown lächelte fein. »Ich würde sagen, aufgrund einer Tatsache«, sagte er, »und die ist eine Angelegenheit des speziellen Fachwissens; nahezu eine professionelle Angelegenheit, aber in einem auffälligen Sinne. Ihnen ist doch bekannt, daß unsere Kontroversalisten häufig über ein hohes Maß an Unwissenheit klagen in bezug darauf, was unsere Religion nun wirklich sei. Doch verhält es sich noch eigentümlicher, als dies an sich schon ist. Es entspricht der Wahrheit, und ist dennoch keineswegs unnatürlich, daß England nicht viel über die Kirche von Rom weiß. Aber England weiß auch nicht sehr viel über die Kirche von England. Nicht einmal so viel wie ich. Sie würden erstaunt sein zu erfahren, wie wenig die allgemeine Öffentlichkeit von den Anglikanischen Kontroversen verstanden hat; viele wissen nicht einmal, was mit einem Mann der Hochkirche oder einem Mann der protestantisch-pietistischen Niederkirche gemeint ist, sogar, was den besonderen Aspekt des Praktizierens angeht, ganz zu schweigen von den zwei Theorien von Geschichte und Philosophie, die hinter beiden stehen. Sie

können diese Unwissenheit in jeder Zeitung verfolgen; in jedem einigermaßen populären Roman oder Theaterstück.
Was mir nun als erstes auffiel, war, daß dieser verehrungswürdige Kirchenmann die ganze Sache unglaublich durcheinanderwarf. Kein anglikanischer Pfarrer könnte je so schiefliegen mit seiner Behandlung anglikanischer Probleme. Erst mußte man annehmen, man hätte es mit einem konservativen Mann der Hochkirche zu tun; und dann brüstete er sich damit, Puritaner zu sein. Ein Mann dieses Schlages mochte ja persönlich recht puritanisch fühlen; aber puritanisch *nennen* würde er das dennoch niemals. Er bekundete einen Abscheu vor der Bühne; er wußte nicht, daß Glieder der Hochkirche für gewöhnlich diesen bestimmten Abscheu gar nicht haben, obschon die Niederkirche ihn sehr wohl kennt. Er sprach wie ein Puritaner über den Sabbath; und dann hatte er ein Kruzifix in seinem Zimmer. Ganz offensichtlich hatte er also keine Ahnung, wie ein sehr frommer Pfarrer sein mußte, außer daß er sehr weihevoll und verehrungswert auftritt und das Haupt wendet vor den Vergnügungen der Welt.
Die ganze Zeit über hockte mir ein Gedanke im Unterbewußtsein; irgend etwas, das ich nicht in meiner Erinnerung festzusetzen vermochte; und dann, plötzlich, kam es mir dann doch in den Sinn. Das hier ist ein Bühnenpfarrer. Der ist haargenau der vage ehrwürdige alte Narr mit den für ihn naheliegendsten Begriffen alles dessen, was ein populärer Stückeschreiber oder Schauspieler der alten Schule für ein so seltsames Ding wie einen Kirchenmann hielt.«
»Gar nicht erst zu reden von einem Arzt der alten Schule«, sagte Mulborough wohlgemut, »der es gar nicht erst versucht, wissen zu wollen, was es bedeutet, ein religiöser Mann zu sein.«
»Tatsache ist«, fuhr Pater Brown fort, »daß es einen klareren und auffälligeren Grund zum Mißtrauen gab. Es be-

trifft die Dunkle Lady vom Grange, der man nachsagte, der Dorfvampir zu sein. Schon recht bald entstand in mir der Eindruck, daß dieser dunkle Fleck viel eher der eigentliche helle Fleck des Dorfes war. Sie wurde behandelt wie ein Mysterium; aber in Wirklichkeit gab es überhaupt nichts, was an ihr mysteriös war. Sie war erst vor kurzem hierhergezogen, ganz und gar in aller Offenheit, unter ihrem eigenen Namen, um die erneuten Untersuchungen zu unterstützen, die um ihren Mann angestellt wurden. Er hatte sie nicht eben gütlich behandelt; sie aber hatte ihre Prinzipien, indem sie davon ausging, daß sie ihrem verheirateten Namen und der allgemeinen Gerechtigkeit einiges schuldig war. Aus genau demselben Grunde suchte sie sich jenes Haus zum Leben aus, vor dessen Tür ihr Mann tot aufgefunden worden war. Der andere unschuldige und sonnenklare Fall, neben dem des Dorfvampirs, war der Dorfskandal, der liederliche Sohn des Pfarrers. Auch er ließ nicht ein einziges Mal irgendwelche Zweifel an seinem Beruf oder seiner zurückliegenden Verbindung zur Welt des Schauspiels. Darum verdächtigte ich ihn auch nicht so wie den Pfarrer. Aber Sie haben längst einen wahrhaftigen und wesentlichen Grund entdeckt, den Pfarrer zu verdächtigen.«
»Ja, ich denke, ich habe ihn«, sagte der Doktor, »deswegen bringen Sie auch den Namen der Schauspielerin ins Spiel.«
»Ja, ich meine seine fanatische Hartnäckigkeit, die Schauspielerin nicht sehen zu wollen«, bemerkte der Geistliche. »Aber im Grunde protestierte er ja gar nicht so sehr dagegen, sie zu sehen. Er protestierte vielmehr dagegen, daß sie *ihn* sehen konnte.«
»Ja, ich begreife«, pflichtete sein Gegenüber ihm bei.
»Wenn sie nämlich Ehrwürden Samuel Horner zu Gesicht bekommen hätte, hätte sie sofort den unehrwürdigen Schauspieler Hankin erkannt, verkleidet als Roßtäuscher im Pfarrersgewande, mit reichlich schändlichem

Charakter hinter der Bühnensoutane. Tja, ich denke, das ist alles, was dort das einfache dörfliche Idyll anging. Aber Sie werden mir zugeben müssen, daß ich mein Versprechen gehalten habe; ich habe Ihnen in diesem Dorf etwas gezeigt, das noch um einiges scheußlicher als eine Leiche ist; sogar als ein mit Gift ausgestopfter Leichnam. Der schwarze Mantel eines Geistlichen, der ausgestopft ist mit einem Erpresser, ist zumindest bemerkenswert, und mein lebender Mann ist um etliches tödlicher als Ihr Toter.«

»Ja«, sagte der Doktor und lehnte sich wohlig in die Kissen zurück. »Falls es zu gemütlicher Gesellschaft auf einer Eisenbahnfahrt kommen sollte, werde ich den Leichnam wählen.«

Pater Browns Auferstehung

Für kurze Zeit genoß Pater Brown so etwas wie Berühmtheit, oder besser, er genoß es nicht. In den Zeitungen machte er neun Tage lang als Wunder Schlagzeilen; er wurde zum allgemeinen Diskussionsthema der Wochenblätter; vor allem in Amerika wurde in unzähligen Clubs und in unzähligen Wohnzimmern aufs eifrigste und recht ungenau von seinen Heldentaten gesprochen. Jedem, der ihn kannte, mochte dies unpassend, ja unglaublich erscheinen, aber seine Abenteuer als Detektiv mußten als Stoff für Kurzgeschichten herhalten, die in Illustrierten erschienen.

Seltsamerweise traf dies wandernde Scheinwerferlicht ihn an einem Ort, der der finsterste oder doch der entlegenste von allen war, die jemals sein Domizil gewesen waren. Er hatte einen Posten in Südamerika, halb Missionar, halb Stadtpfarrer, an einem jener Küstenstriche des Nordens, wo kleine Länder sich noch immer ängstlich an die europäischen Mächte klammern oder im gigantischen Schatten Präsident Monroes drohten, ihre Unabhängigkeit zu erklären.

Die Bevölkerung war rot und braun, mir rosa Flecken dazwischen. Also spanisch-amerikanischen und größtenteils spanisch-amerikanisch-indianischen Ursprungs. Daneben gab es eine beträchtliche und zunehmende Unterwanderung durch Amerikaner nördlichen Schlages – also durch Engländer, Deutsche und andere. Die ganze leidige Geschichte, so will es scheinen, fing damit an, daß einer eben dieser Besucher, frisch eingetroffen und ziemlich

verärgert über den Verlust eines Koffers, auf das erste Gebäude, das ihm ins Auge stach, zusteuerte. Das war gerade das von der Kapelle flankierte Missionshaus. Die ganze Vorderfront des Hauses entlang lief eine Veranda und eine Reihe niedriger Holzpfähle, um die sich schwarze Weinreben mit eckigen, herbstlich geröteten Blättern rankten.
Dahinter aufgereiht saß, beinahe ebenso steif wie die Holzpfähle, eine Gruppe menschlicher Wesen. Ihre Farben entsprachen etwa denen der Weinstöcke. Die breitkrempigen Hüte waren schwarz wie ihre Augen, die nicht blinzelten. Viele hatten eine tiefrote Gesichtshaut, die aus dem Holz transatlantischer Regenwälder gefertigt zu sein schien. Fast alle rauchten lange dünne und schwarze Zigarren, und der Rauch schien in ihrer Runde das einzige zu sein, das sich bewegte. Der Besucher hätte sie wahrscheinlich als Eingeborene eingestuft, obgleich einige recht stolz auf ihre spanische Abstammung waren. Der Besucher aber war keiner von denen, die feine Unterschiede zwischen Spaniern und Rothäuten machen. Er neigte eher dazu, die Leute aus seinen Gedanken zu verbannen, sobald er sie erst einmal als Eingeborene hatte überführen können.
Er war ein Journalist aus Kansas City; ein hagerer und hellhaariger Bursche mit einer, wie Meredith sagen würde, unternehmungslustigen Nase; fast konnte man sich einbilden, daß diese Nase ihren Weg durch Tasten zu finden vermochte und sich ringeln konnte wie der Rüssel eines Ameisenbären. Er hieß Snaith und seine Eltern hatten ihn aufgrund obskurer Überlegungen Saul getauft, was er wiederum mit gutem Grund so weit wie möglich geheimhielt. Er war schließlich sogar einen Kompromiß eingegangen und nannte sich Paul, wobei dies in keiner Weise aus Gründen geschehen war, die den Apostel der Christen einst dazu bestimmt hatten. Ganz im Gegenteil. Soweit man bei ihm überhaupt von einer Mischung zu

diesem Thema sprechen konnte, hätte der Name des Christenverfolgers besser gepaßt, da er die organisierten Religionen mit jener konventionellen Verachtung betrachtete, die man eher bei Ingersoll als bei Voltaire erlernen kann. Und so kam es, daß er sich mit dieser mehr nebensächlichen Seite seines Charakters dem Missionshaus und den Menschen, die auf der Veranda saßen, zuwandte. Etwas in ihrer schamlosen Gelassenheit und Indifferenz beleidigte seinen heftigen Drang nach Tüchtigkeit, und da er auf seine ersten Fragen keine erschöpfende Antwort erhielt, übernahm er das Reden selbst.
Dort stand er im grellen Sonnenlicht, eine Waschmittelreklame, mit Panamahut und reinlicher Kleidung, die mit eiserner Faust den Reisesack umklammerte. Er begann, auf die Leute im Schatten einzubrüllen. Lautstark machte er ihnen klar, wieso sie faul seien und schmutzig, von bestialischer Unwissenheit, niedriger als das Vieh, das verreckt, wobei unklar wäre, ob sie jemals selbst sich den Kopf über derlei Probleme zerbrechen würden. Der ungesunde Einfluß der Pfaffen war es seiner Auffassung nach, der sie so elendiglich arm gemacht und in so hoffnungsloser Unterdrückung existieren ließ, daß sie es fertig brächten, im Schatten zu sitzen, zu rauchen und nichts zu tun.
»Das muß 'n feiner Haufen von Schlappschwänzen sein«, sagte er, »der sich von diesen hochgestochenen Götzen schikanieren läßt, nur weil sie in ihren Mitren und Tiaras herumrennen und in ihren goldenen Chorröcken und all dem anderen Firlefanz und protzigen Fetzen auf jedermann runterschauen als wäre er Dreck – ein feiner Haufen, der sich von Kronen, Baldachinen und heiligen Regenschirmen ins Bockshorn jagen läßt, nur weil ein eingebildeter alter Oberpopanz in diesem Hokuspokus so aussieht, als sei er der Herr der Welt. Und ihr? Wie seht ihr denn aus, ihr armen Würmer? Ich sag's euch, das ist der Grund, warum ihr noch so tief in der Barbarei steckt, weder lesen noch schreiben könnt und . . .«

Just in diesem Moment kam der Oberpopanz des ganzen Hokuspokus in würdeloser Eile aus der Tür des Missionsgebäudes geschossen und gleich weit weniger dem Herrn der Welt als vielmehr einem Bündel schwarzer Klamotten aus dem Trödelladen, die man um einen Strohsack gewickelt hatte, um ihnen das Aussehen eines Menschen zu geben. Die Tiara, wenn er überhaupt eine solche besaß, hatte er nicht auf, er trug vielmehr einen breiten schäbigen Hut, der dem der spanischen Indianer nicht unähnlich war. Er hatte ihn, da er ihm lästig war, in den Nacken geschoben. Es schien, als wollte er gerade mit den bewegungslosen Eingeborenen zu sprechen anfangen, als er des Fremden gewahr wurde und eilig sagte:
»Oh, kann ich irgendwie behilflich sein? Wollen Sie nicht hereinkommen?«
Mr. Paul Snaith kam herein, und das war für den Zeitungsmann der Anfang eines bedeutenden Zuwachses an Information auf mancherlei Gebieten. Sein journalistischer Instinkt war offenbar stärker als seine Vorurteile; das findet man bei klugen Journalisten häufig. Er stellte eine Menge Fragen, deren Beantwortung ihn verblüffte und interessierte. Er entdeckte zum Beispiel, daß die Indianer lesen und schreiben konnten, und zwar aus einem einfachen Grunde, weil der Pater es sie gelehrt hatte; sie lasen und schrieben jedoch nie mehr als unbedingt erforderlich, denn sie hatten eine natürliche Vorliebe für direktere Kommunikationsmethoden. Er erfuhr auch, daß diese seltsamen Menschen, die dort in einem Haufen auf der Veranda hockten ohne auch nur einen Finger krumm zu machen, sehr wohl in der Lage waren, hart zu arbeiten, wenn es um ihre eigenen Äcker ging; besonders jene, in denen mehr als die Hälfte spanischen Blutes kreiste. Zu seiner noch größeren Verwunderung hörte er, daß sie alle wirklich Land besaßen. Diese Tatsache war Teil einer hartnäckigen Tradition, die den Eingeborenen recht eingeboren zu sein schien, in der aber wiederum der Pater

eine gewisse Rolle gespielt, und damit wahrscheinlich zum ersten und letzten Male in den Lauf der Politik, und sei es auch nur in den Lauf der Lokalpolitik, eingegriffen hatte. Vor nicht allzu langer Zeit hatte eines dieser atheistischen, ja fast anarchistischen, radikalen Fieber diese Gegend heimgesucht, wie das hin und wieder in lateinamerikanischen Landen vorkommt. Diese Fieber fangen meist mit einer Geheimgesellschaft an und gipfeln gewöhnlich in einem Bürgerkrieg und ziemlich selten in irgend etwas anderem. Der Führer der ikonoklastischen Partei am Ort war ein gewisser Alvarez, ein recht pittoresker Abenteurer portugiesischer Nationalität, aber, wie seine Feinde behaupteten, mit einem Schuß schwarzen Blutes. Er war zudem Meister von allen möglichen Logen und Weihetempeln jener Sekten, die in solchen Gegenden sogar den Atheismus mythisch zu verpacken pflegen. Der Führer der eher Konservativen war ein weit alltäglicherer Mensch, ein sehr wohlhabender Mann mit dem Namen Mendoza, Besitzer vieler Fabriken, eine Respektsperson, aber nicht sehr aufregend. Man war allgemein der Ansicht, daß die Sache von Recht und Ordnung unterliegen würde, hätte jene Partei nicht einen eigenen und volkstümlicheren Kurs gesteuert. Sie sicherte den Bauern das Land; und das war hauptsächlich von der kleinen Mission Pater Browns ausgegangen.

Während dieser mit dem Journalisten sprach, kam Mendoza, der Führer der Konservativen, herein. Er war ein untersetzter, dunkler Mann mit kahlem birnenförmigen Schädel auf einem runden, birnenförmigen Leib. Er rauchte eine stark duftende Zigarre, warf sie aber vielleicht ein wenig zu theatralisch weg, als er in die Nähe des Priesters kam, so, als hätte er eine Kirche betreten. Er verbeugte sich und krümmte sich auf eine für einen so beleibten Herrn unwahrscheinliche Weise. Er legte ganz besonderen Wert auf seine Umgangsformen, vor allem gegenüber kirchlichen Institutionen. Er war einer jener

Laien, die soviel päpstlicher sind als der Papst. Pater Brown war dieses Verhalten eher peinlich, ganz besonders, wenn es in dieser Form auch privat beibehalten wurde.
»Ich glaube, ich bin antiklerikal«, pflegte Pater Brown mit schwachem Lächeln zu äußern. »Aber es würde nicht halb so viel Klerikalismus geben, wenn die Leute diese Angelegenheit den Klerikern überlassen wollten!«
»Also, Mr. Mendoza!« rief der Journalist aufs neue erregt. »Ich meine, wir sind uns schon einmal begegnet. Sie waren doch auf der Handelstagung letztes Jahr in Mexiko!«
Ein Anflug von Wiedererkennen ließ die schweren Augenlider Mendozas erbeben, und er lächelte auf seine eigene langsame Art. »Ich erinnere mich!«
»Ganz schön, was da in ein oder zwei Stunden ausgehandelt wurde, was?« sagte Snaith mit Genuß. »Nehme an, das war auch keineswegs zu Ihrem Schaden, oder?«
»Ich hatte viel Glück«, sagte Mendoza bescheiden.
»Glauben Sie doch das nicht!« rief der aufgeregte Snaith. »Das Glück kommt zu denen, die wissen, wann sie zupacken müssen. Und Sie haben ganz schön kräftig zugegriffen. – Aber ich hoffe doch, ich halte Sie nicht von Ihren Geschäften ab?«
»Nicht doch«, erwiderte der. »Ich verschaffe mir oft die Ehre, den Herrn Pfarrer zu einem kleinen Plausch zu besuchen. Nur zu einem kleinen Plausch, nichts weiter!«
Es schien, als habe die Vertrautheit zwischen Pater Brown und diesem erfolgreichen, ja beinahe berühmten Geschäftsmann den letzten Ausschlag zu einer völligen Aussöhnung zwischen dem Priester und dem tüchtigen Mr. Snaith gegeben. Ihm schien, daß die Missionsstation in einem neuen Lichte betrachtet werden müsse, und er war dazu bereit, jene hin und wieder auftretenden Anzeichen von Religion zu übersehen, die sich in einer Kapelle und in einem Pfarrhaus schlecht vermeiden lassen. Er be-

geisterte sich für das neue Programm des Priesters – zumindest, was die weltliche und soziale Seite desselben betraf – und bot sich an, jederzeit sozusagen als lebender Draht die Verbindung zur Außenwelt herzustellen.
An diesem Punkt nun entdeckte Pater Brown, daß einem ein Journalist mit seiner Sympathie womöglich noch lästiger fallen kann als mit seiner Feindschaft.
Mr. Paul Snaith machte sich nun mit Eifer daran, Pater Brown groß herauszubringen. Er schickte laute und lange Lobgesänge auf ihn quer über den Kontinent an sein Blatt im Mittelwesten. Er hielt den unglücklichen Priester in Schnappschüssen fest, die ihn bei den alltäglichsten Verrichtungen zeigten, und stellte ihn damit auf gigantischen Fotos in den gigantischen Wochenblättern der gigantischen Vereinigten Staaten zur Schau. Aus seinen Aussprüchen machte er Schlagworte und bedachte die übrige Welt fortwährend mit einer »Botschaft« des geistlichen Herrn aus Südamerika. Jede andere, weniger derbe und nicht so sehr alles zu schlucken bereitwillige Rasse als die amerikanische wäre von Pater Brown zu Tode gelangweilt worden. Wie die Sache aber stand, erhielt er ansehnliche und begierige Angebote, eine Vorlesungstour durch die Staaten zu unternehmen, und als er dies ablehnte, erhöhte man mit respektvollem Staunen das Honorar. Eine Reihe von Kurzgeschichten, die von ihm handelten, ähnlich denen von Sherlock Holmes, wurden am Schreibtisch von Mr. Snaith ausgedacht und ihrem Helden mit der Bitte um Beistand und Unterstützung vorgelegt. Als der Priester davon erfuhr, konnte er keinen anderen Vorschlag machen als den, damit aufzuhören. Dies wiederum wurde von Mr. Snaith als Grundlage einer schriftlichen Diskussion aufgegriffen, die darum ging, ob es angebracht sei, Pater Brown für einige Zeit über eine Klippe verschwinden zu lassen, wie das der Held des Doktor Watson getan hatte. Auf all diese Anfragen mußte der geduldige Priester schriftlich antworten. Ja, es wäre

ihm recht, schrieb er, wenn diese Geschichten unter solchen Umständen für einige Zeit beendet würden, und er bäte inständig darum, eine beträchtliche Pause einzuschieben. Die Briefe, die er schrieb, wurden immer kürzer, und als er den letzten schrieb, seufzte er dabei.
Es braucht nicht erwähnt zu werden, daß diese seltsame Hochkonjunktur im Norden ihre Auswirkungen auf jenen kleinen Winkel im Süden zeitigte, in dem er in einsamem Exil zu leben gehofft hatte. Die am Ort ansässige, nicht unbeträchtliche englische und amerikanische Bevölkerung platzte vor Stolz aus den Nähten, eine so weit und breit bekannte Persönlichkeit unter sich zu haben. Amerikanische Touristen von der Sorte, die bereits am Hafen laut nach Westminster Abbey verlangen, landeten an dieser entlegenen Küste mit dem lautstarken Ruf nach Pater Brown. Es war abzusehen, wann man Ausflugsbusse nach ihm benennen und Menschenmassen ankarren würde, um ihn wie ein öffentliches Denkmal anzustarren. Besonders plagten ihn die rührigen neuen Händler und Ladenbesitzer am Ort, die ihm unentwegt mit Wünschen zusetzten, er solle ihre Waren prüfen und Empfehlungsschreiben verfassen. Selbst wenn es ihnen nicht gelungen war, ihm ein solches abzuringen, zogen sie dennoch die Korrespondenz in die Länge, um seine Autogramme zu sammeln, und da er ein gutmütiger Mensch war, konnten sie einiges von dem, was sie wollten, aus ihm herausholen. Auf spezielles Bitten hin schrieb er sogar für einen Frankfurter Weinhändler namens Eckstein hastig einige Worte auf eine Karte, die, wie sich später herausstellte, seinem Leben eine schlimme Wendung geben sollten.
Eckstein, ein zappeliger kleiner Mann mit krausem Haar und einem Zwicker, war fast krankhaft darauf erpicht, daß der Priester seinen berühmten Magenbitter nicht nur versuchen, sondern ihn als Empfangsbestätigung genau wissen lassen solle, wo und wann er ihn trinken würde.

Der Priester war über dieses Ansinnen nicht weiter verwundert, da er schon jenseits jeder Möglichkeit des Erstaunens über die Idiotie der Werbung angekommen war. Deshalb kritzelte er etwas hin und wandte sich anderen Obliegenheiten, die ihm etwas sinnvoller erschienen, zu. Wieder wurde er unterbrochen, diesmal von einer Botschaft, die ihm kein Geringerer als sein politischer Gegner Alvarez zukommen ließ. Er bat ihn darin, an einer Konferenz teilzunehmen, in deren Verlauf man hoffen durfte, in einer schwerwiegenden Frage zur Einigung zu gelangen. Als Treffpunkt schlug er noch für denselben Abend ein Café direkt vor den Mauern der kleinen Stadt vor. Auch hierzu übergab Pater Brown dem aufgetakelten und militärisch aussehenden Boten eine Zusage. Danach, er hatte noch ein bis zwei Stunden Zeit, setzte er sich und versuchte, einige seiner eigenen Angelegenheiten in Angriff zu nehmen. Als die Zeit um war, schenkte er sich von Mr. Ecksteins beachtlichem Bitterwein ein und, nachdem er verschmitzt auf die Uhr gesehen hatte, leerte er sein Glas und ging hinaus in die Nacht.

Helles Mondlicht lag auf der kleinen spanischen Stadt, als er das malerische Stadttor mit seinen Rokokobögen und den phantastischen Rüschen der Palmwedel erreichte. Es glich einer Szene aus einer spanischen Oper. Ein langer Palmwedel mit abgebrochenen Spitzen hing, schwarz gegen das Mondlicht, auf der anderen Seite des Bogens herunter. Man konnte ihn durch die Öffnung hindurch sehen, und er wirkte wie die Kiefer eines schwarzen Krokodiles. Dieses Bild hätte sich nicht in seiner Vorstellung festsetzen können, wäre da nicht noch ein anderer Umstand hinzugekommen, den seine von Natur aus aufmerksamen Augen wahrnahmen. Die Luft war völlig still, und kein Windhauch regte sich. Trotzdem sah er deutlich eine Bewegung in dem herabhängenden Palmblatt.

Er blickte um sich und stellte fest, daß er allein war. Die

letzten Häuser, fast alle verschlossen und mit herabgelassenen Rolladen, hatte er hinter sich gelassen und schritt nun zwischen zwei langen und glatten Mauern aus ungeformten, abgeschliffenen Steinquadern hindurch, aus denen nur hier und da die in jener Gegend häufigen absonderlichen stacheligen Grasbüschel sprossen. – Die beiden Mauern liefen parallel zueinander und geradewegs auf das Stadttor zu. Er konnte die Lichter des Cafés vor dem Tor nicht ausmachen, wahrscheinlich waren sie zu weit entfernt. Hinter dem Tor gab es nichts zu sehen außer einem weiteren Streifen großgefleckten Pflasters, das im Mondschein bleich wirkte, und hier und da eine wuchernde Feigendistel. Der starke Geruch nach Bösem stieg ihm in die Nase. Er empfand eine eigenartige körperliche Beklemmung, aber er dachte nicht daran, stehenzubleiben. Womöglich war seine Neugierde eine noch stärkere Triebfeder seines Handelns als sein Mut, der immerhin beachtlich war. Sein ganzes Leben hatte ihn ein verstandesmäßiger Hunger nach Wahrheit geleitet, selbst bei Kleinigkeiten. Oft sah er sich genötigt, ihn aus Gründen der Proportion einzudämmen; aber er war stets präsent. Er durchschritt das Tor ohne zu zögern, und auf der anderen Seite sprang ein Mann wie ein Affe von einer Baumkrone herab und stach mit einem Messer nach ihm. Im gleichen Moment kroch ein anderer Mann blitzschnell die Mauer entlang und schwang einen Knüppel über seinem Kopf und ließ ihn niedersausen. Pater Brown wandte sich um, taumelte und sank in sich zusammen, aber während er zusammenbrach, zeigte sein rundes Gesicht den Ausdruck milder und unendlicher Überraschung.

In derselben kleinen Stadt lebte zu dieser Zeit ein anderer junger Amerikaner, der sich von Snaith grundlegend unterschied. Sein Name war John Adams Race, von Beruf war er Elektroingenieur. Mendoza hatte ihn angestellt, um die alte Stadt mit allen möglichen neuen Errungenschaften zu versehen. Er war ein Mensch, der weit weniger mit Satire und internationalem Klatsch vertraut war als der amerikanische Journalist; dennoch ist es eine Tatsache, daß in Amerika auf etwa eine Million Menschen von seinem Schlage nur einer von der geistigen Verfassung Snaiths kommt. Außergewöhnlich war er da, wo er außergewöhnlich in seiner Arbeit war, auf allen anderen Gebieten war er ziemlich unbedarft. Er hatte sein Leben als Lehrling in einer Drogerie eines Dorfes im Westen begonnen und war allein durch die Arbeit seiner Hände und aus eigenem Verdienst hochgekommen. Seine Heimatstadt aber stellte für ihn immer noch den natürlichen Nabel der Welt dar. Man hatte ihn bereits auf Mutters Schoß aus der Familienbibel in einer streng puritanischen, oder sagen wir, evangelischen Christlichkeit unterwiesen, und soweit er überhaupt Zeit für Religion finden konnte, war dies immer noch seine Religion. Mitten in all dem blendenden Licht der letzten und unglaublichsten Entdeckungen, wenn er in seinen Versuchen zum Äußersten ging und ihm wahre Wunder von Licht und Ton gelangen, als wäre er ein Gott, der neue Sterne und Sonnensysteme zu erschaffen vermöchte, zweifelte er doch keinen Augenblick daran, daß die Dinge »daheim« die besten der Welt seien. Seine Mutter, die Familienbibel und die stille und altmodische Moralität seines Dorfes. Für seine Mutter hatte er ein ernsthaftes und edles Gefühl, sie schien ihm heilig, so, als wäre er selbst ein frivoler Franzose. Er war fest davon überzeugt, daß die Religion der Bibel das einzig Wahre sei; nur vermißte er sie vage, wohin er sich in der modernen Welt auch wenden mochte. Es war ihm schwerlich zuzutrauen, daß er mit den religiösen Auswüchsen katholischer Länder sympathisiere; und in seiner Abneigung gegen Mitren und Rosenkränze war er der gleichen Ansicht wie Mr. Snaith, wenn auch nicht mit derselben Arroganz wie jener. Für die Verbeugungen und Kratzfüße, die Mendoza öffentlich zur Schau trug, hatte er nichts übrig, und ebensowenig lockte ihn der freimau-

rerische Mystizismus des Atheisten Alvarez. Mag sein, daß ihm all dies halbtropische Leben, von Indianerrot und Spaniergold durchwebt, zu farbenfroh erschien.
Jedenfalls war es keine Überheblichkeit, wenn er sagte, nichts käme seinem Heimatort gleich. Für ihn hieß das, daß es dort irgendwo etwas Einfaches, Bescheidenes und Rührendes gab, das er mehr respektierte als alles auf der Welt. Soweit die geistige Einstellung John Adams Races auf seinem südamerikanischen Posten. Nun aber war in ihm seit längerer Zeit ein eigenartiges Gefühl erwacht, das all seinen Vorurteilen widersprach und für das er keine Erklärung zur Hand hatte.
In Wahrheit nämlich sah die Sache so aus: Das einzige, dem er auf seinen Reisen je begegnet war, das ihn wenigstens etwas an die alte Holzhütte, den provinziellen Anstand und die Bibel auf Mutters Knien erinnert hatte, war das runde Gesicht und der schwarze plumpe Regenschirm von Pater Brown.
Er ertappte sich dabei, daß er unbewußt diese alltägliche, fast komische Gestalt, wie sie geschäftig herumsauste, mit den Augen verfolgte, daß er sie mit beinahe krankhafter Faszination beobachtete, so als handle es sich um ein wanderndes Rätsel oder einen lebenden Widerspruch. Inmitten seines Feindbildes hatte er etwas entdeckt, das zu mögen er nicht umhin konnte. Es war, als hätte er sich von einem unbedeutenden Dämonen bis aufs Blut foltern lassen, um dann zu entdecken, daß der Teufel selbst nur eine gewöhnliche Person sei.
So kam es, daß er, als er in der mondhellen Nacht aus dem Fenster blickte, den Teufel vorbeigehen sah, wie er in seinem großen schwarzen Hut und langen schwarzen Rock die Straße in Richtung Stadttor hinabschlurfte; und er sah das alles mit einem Interesse, das er selbst nicht begreifen konnte. Er fragte sich, wohin des Weges der Priester wäre und was er wohl vorhätte, und so verharrte er, den Blick auf die mondbeschienene Straße geheftet, noch lange,

nachdem die kleine Gestalt schon vorüber war. Und dann sah er noch etwas, was seine Neugier noch mehr reizte; zwei weitere Männer, die er beide erkannte, gingen vor seinem Fenster vorbei, wie auf einer erleuchteten Bühne. Der Mondschein umfloß wie blaues Rampenlicht in einem geisterhaften Heiligenschein den gewaltigen Haarbusch, der aufrecht vom Kopf des kleinen Eckstein, dem Weinhändler, abstand, und zeichnete wie einen Scherenschnitt den Umriß einer hochgewachsenen und dunkleren Gestalt mit Adlerprofil und einem seltsamen altmodischen Hut, der schwarz und stark kopflastig den Gesamtumriß noch bizarrer erscheinen ließ. Race wies sich selbst zurecht, weil er dem Mondlicht erlaubte, seiner Phantasie solchen Schabernack zu spielen; denn auf den zweiten Blick erkannte er die schwarzen, spanischen Koteletten und die langen Gesichtszüge von Doktor Calderon, einem rechtschaffenen Arzt der Stadt, den er schon einmal getroffen hatte, als er jenem Mendoza eine ärztliche Visite gemacht hatte. Und doch lag in der Art, in der die Männer miteinander flüsterten und die Straße hinabspähten, etwas Merkwürdiges, das ihm auffiel. Einer plötzlichen Eingebung folgend, sprang er über die niedrige Fensterbrüstung und machte sich barhäuptig selbst auf den Weg die Straße entlang, um ihnen zu folgen. Er sah sie im Schatten des Torbogens verschwinden, und Sekunden später gellte ein grauenhafter Schrei zu ihm herüber. Ein seltsam lauter und durchdringender Schrei, der Races Blut gerinnen ließ, um so mehr, als er deutlich in einer Sprache ausgestoßen wurde, die er nicht kannte.
Im nächsten Moment hörte man Fußgetrappel und weitere Schreie, danach verwirrtes Gebrüll der Wut oder des Schmerzes, das die Türmchen und schlanken Palmen des Stadttores erbeben ließ. In der Menge, die zusammengelaufen war, entstand eine Bewegung, so als brande sie durch den Torbogen zurück, dann hallte der dunkle Torbogen von einer neuen Stimme wider, diesmal verständ-

lich und in unheilverheißendem Ton. Jemand rief durch das Tor:
»Pater Brown ist tot!«
Er fand nie heraus, welche Stütze in seinem Geist plötzlich zusammenbrach, oder warum das, auf das er immer hatte zählen können, ihn plötzlich im Stich ließ. Jedenfalls rannte er zum Tor und kam dort gerade rechtzeitig an, um mit seinem Landsmann Snaith, dem Journalisten, zusammenzuprallen, der totenbleich und mit nervös schnalzenden Fingern aus dem Portal trat.
»Stimmt leider«, sagte Snaith mit etwas in der Stimme, das bei ihm der Ehrfurcht gleichkam. »Er ist hin. Der Doktor hat ihn sich angesehen und da gibt's keine Hoffnung. Einer von diesen verdammten Narren hat ihm eins übergebraten, als er durchs Tor kam. – Gott weiß, warum. Das wird ein großer Verlust für die Gegend hier.«
Race antwortete nicht, oder konnte nicht antworten, er rannte unter den Torbogen, zum Schauplatz des Geschehens. Die kleine schwarze Gestalt lag dort, wo sie niedergefallen war, auf den öden großen Steinplatten, zwischen denen ab und zu die grünen Dornenbüsche hervorstachen. Die Menschenmenge wurde lediglich durch die Gesten einer riesigen Gestalt im Vordergrund zurückgehalten, und es gab viele, die auf einen Wink ihrer Hand hierhin und dorthin schwankten, als wäre diese Gestalt ein Zauberer.
Alvarez, der Diktator und Demagoge, war eine hochgewachsene und prahlerische Gestalt. Er war stets aufs prächtigste gekleidet und zu diesem Anlaß trug er eine grüne Uniform, die so bestickt war, als kröchen silberne Schlangen über sie hin. Um seinen Hals hing an einem auffälligen kastanienbraunen Band ein Orden. Sein dichtes lockiges Haar war schon grau und stand im Kontrast zu seiner Gesichtsfarbe, die seine Freunde als olivfarben und seine Feinde als mulattenbraun bezeichneten, sie sah fast wie Gold aus, so als wäre sein Gesicht buchstäblich

eine aus Gold geformte Maske. Seine großflächigen Züge aber, die sonst kraftvoll und heiter waren, erschienen nun dem Anlaß entsprechend feierlich und finster. Er habe, so erklärte er, im Café auf Pater Brown gewartet, als er Geraschel und einen Sturz gehört und ins Freie eilend die Leiche auf den Pflastersteinen liegend gefunden habe.

»Ich weiß, was einige von euch denken!« sagte er und blickte stolz um sich. »Und wenn ihr Angst habt, es auszusprechen – und das ist der Fall, dann will ich es sagen, ich bin ein Atheist. Ich habe keinen Gott, bei dem ich für die, die meinen Worten nicht glauben, schwören könnte. Aber ich sage euch bei meiner Ehre als Soldat und als Mann: ich habe hiermit nichts zu schaffen. Hätte ich die Burschen zur Hand, die das getan haben, ich würde mich glücklich schätzen, sie an diesem Baum aufzuknüpfen.«

»Selbstverständlich tut es uns wohl, Sie das sagen zu hören«, erwiderte der alte Mendoza steif und feierlich. Er stand neben dem Körper seines gefallenen Adjunkten. »Dieser Schlag ist viel zu entsetzlich, als daß wir im Moment äußern könnten, was uns bewegt. Ich glaube, es wäre anständiger und richtiger, den Leichnam meines Freundes zu entfernen und dieses unvorhergesehene Treffen abzublasen. Ich verstand doch richtig«, wandte er sich feierlich an den Arzt, »daß unglücklicherweise kein Zweifel besteht.«

»Nicht der geringste«, sagte Doktor Calderon.

John Race ging traurig nach Hause, in sich einzig ein Gefühl der Leere. Es schien unmöglich, daß er einen Mann vermissen würde, den er kaum gekannt hatte. Er erfuhr, daß die Beerdigung am nächsten Tag stattfinden sollte. Alle waren sich einig, daß die Krise so schnell wie möglich überwunden werden müsse, aus Angst vor Unruhen, deren Ausbrechen von Stunde zu Stunde wahrscheinlicher zu werden drohte. Als Snaith damals die Indianer auf der Veranda hatte sitzen sehen, hatte er sie für eine Ansammlung alter, aus rotem Holz geschnitzter Aztekenplastiken

gehalten. Aber er hatte noch nicht gesehen, wie sie aussahen, als sie vernahmen, daß der Priester tot sei.
Tatsächlich hätten sie mit Bestimmtheit revoltiert und den Führer der Republikaner gelyncht, wären sie nicht sofort von der Notwendigkeit blockiert worden, respektvolles Verhalten angesichts des Sarges ihres eigenen religiösen Führers an den Tag zu legen. Die eigentlichen Mörder jedoch, die es selbstverständlich verdient hatten, gelyncht zu werden, schienen sich in Luft aufgelöst zu haben. Niemand kannte ihre Namen und niemand würde je erfahren, ob der Sterbende ihre Gesichter hatte erkennen können. Jener eigenartige Ausdruck des Erstaunens, welcher offenbar sein letzter Blick auf diese Welt gewesen war, hätte der Ausdruck des Erkennens ihrer Gesichter sein können. Alvarez erklärte erneut nachdrücklich, daß er keine Hand im Spiel gehabt habe, und nahm an der Beerdigung teil, indem er in seiner phantastischen grün-silbernen Uniform dem Sarg mit herausfordernder Hochachtung folgte.
Hinter der Veranda stieg eine Reihe von Steinstufen zu einem hohen grünen Podest empor, das von einer Kaktushecke umgeben war. Dort hinauf hatte man den Sarg in mühevoller Arbeit gehoben und ihn für kurze Zeit zu Füßen des großen und hageren Kruzifixes, welches die Straße beherrschte und über den heiligen Ort Wache hielt, abgestellt. Drunten auf der Straße war ein Meer von Menschen damit beschäftigt, wehzuklagen und den Rosenkranz zu beten. – Ein verwaistes Volk, das seinen Vater verloren hatte. All dieser Symbolik zum Trotz, die für ihn provozierend genug war, trug Alvarez eine maßvolle Hochachtung zur Schau. Und alles wäre gutgegangen – meinte Race –, hätten ihn die anderen nur in Ruhe gelassen.
Race sagte sich voller Bitterkeit, daß der alte Mendoza immer wie ein Trottel ausgesehen habe und sich nun auch offensichtlich ganz wie ein alter Trottel benahm.

Wie es bei einfachen Leuten allgemein Brauch ist, hatte man den Sarg offen und das Gesicht unbedeckt gelassen und damit für diese einfachen Menschen den Pathos fast bis zur Agonie gesteigert. Da dies im Einklang mit der Tradition geschah, hätte es niemandem geschadet; doch einige offizielle Personen hatten die Sitte der französischen Freidenker eingeführt, Reden am Grabe zu halten. Mendoza machte sich daran, zu sprechen. – Eine lange Rede, und je länger sie wurde, um so tiefer sank John Races Stimmung und seine Sympathie für das hier praktizierte Ritual. Eine Liste heiliger Eigenschaften, offenbar von der antiquiertesten Sorte, wurden mit dem ausschweifenden Stumpfsinn eines Festredners, der nicht weiß, wie er wieder zu Stuhl kommen soll, aufgerollt. Das war schlimm genug, aber Mendoza besaß dazu noch die unaussprechliche Dummheit, seine politischen Gegner nicht nur zu tadeln, sondern sie geradezu zu verhöhnen. In drei Minuten war es ihm gelungen, eine Schau abzuziehen und eine völlig ungewöhnliche Schau noch dazu.
»Mit Recht fragen wir uns«, sagte er und blickte anmaßend in die Runde, »mit Recht fragen wir uns, wo derlei Tugenden in den Reihen jener gefunden werden können, die irrsinnigerweise dem Glauben ihrer Väter abgeschworen haben. Wenn wir Atheisten unter uns haben, atheistische Führer, nein vielmehr atheistische Herrscher, entdecken wir, daß ihre infame Philosophie Früchte wie dieses Verbrechen hervorbringt. Wenn wir uns fragen, wer diesen heiligen Mann gemordet hat, werden wir denjenigen sicher dort finden, wo . . .«
Race glaubte plötzlich sehen zu können, daß Alvarez, der hochmütige Abenteurer, trotz allem ein Barbar war, und daß der afrikanische Dschungel ihm aus den Augen leuchtete; er würde seine Fassung nicht bis zum Ende behalten können. Man konnte erraten, daß all sein »erleuchteter« Illuminismus einen leichten Voodoo-Beigeschmack hatte. Jedenfalls gelang es Mendoza nicht

weiterzureden, denn Alvarez war aufgesprungen und brüllte zurück, ja brüllte ihn kraft seiner weitaus größeren Lungenkapazität nieder.
»Wer hat ihn umgebracht?« donnerte er. »Euer Gott hat ihn umgebracht! Wenn man euch glaubt, bringt er all seine treuen und törichten Diener um – so wie er diesen getötet hat!« Und er gestikulierte wild nicht zum Sarg hin, sondern zum Kruzifixus hinauf. Dann schien er sich wieder etwas zu beruhigen und fuhr in einem immer noch grollenden, nun aber eher überlegenen Ton fort. »Ich glaube nicht daran, aber Sie glauben daran. Ist es nicht besser, keinen Gott zu haben, als einen, der einen in dieser Weise berauben kann? Ich wenigstens wage zu behaupten, daß es keinen Gott gibt. In diesem blinden und hirnlosen Universum gibt es keine Macht, die eure Gebete erhört oder euch einen Freund zurückgeben kann. Obwohl ihr den Himmel um seine Auferstehung anfleht, wird er sich nicht erheben. Hier und jetzt werde ich die Probe machen. – Ich spotte jenem Gott, der nicht zur Stelle ist, um diesen Mann aus seinem ewigen Schlaf zu reißen.«
Ein Schweigen des Entsetzens breitete sich aus. Der Demagoge hatte Aufsehen erregt.
»Das hätten wir uns denken können«, rief Mendoza mit fester kollernder Stimme, »als wir Männern wie Ihnen erlaubten –«
Eine neue Stimme mischte sich in den Disput; eine hohe und schrille Stimme mit dem Akzent der Südstaatler.
»Halt! Halt!«, schrie Snaith, der Journalist, »ich schwör's, da ist was los, ich hab' gesehen, wie er sich gerührt hat!«
Er rannte die Treppen hinauf und auf den Sarg zu, während unten die Menge in zuckender Ekstase verblieb. Im nächsten Augenblick wandte er sein erstauntes Gesicht zurück und winkte Doktor Calderon, der herbeihastete, um sich mit ihm zu beraten. Als beide Männer vom Sarg zurücktraten, konnte jedermann sehen, daß die Lage des

Kopfes sich verändert hatte. Ein Brüllen der Erregung stieg aus der Menge und endete abrupt auf halbem Wege, als der Priester im Sarg seufzte, sich auf dem Ellenbogen aufrichtete und einfältig und mit den Augen blinzelnd auf die Menge blickte.
John Adams Race, der bis dato nur die Wunder der Wissenschaft kennengelernt hatte, war selbst Jahre später nicht in der Lage, das Chaos der nächsten paar Tage zu beschreiben. Es schien ihm, als sei er aus der Welt von Zeit und Raum hinauskatapultiert worden und lebe nun in der Welt des Unmöglichen. In einer halben Stunde war die ganze Stadt samt Umgebung zu etwas geworden, was es tausend Jahre nicht gegeben hatte. Ein mittelalterliches Volk hatte sich auf dieses erschütternde Wunder hin in eine Herde von Mönchen verwandelt, in eine griechische Stadt, in der die Götter zu den Menschen herabgestiegen waren. Tausende warfen sich auf die Straße nieder, Hunderte legten Augenblicksgelübde ab, ja selbst Unbeteiligte, wie die beiden Amerikaner, konnten an nichts anderes denken und von nichts anderem sprechen als von dem Wunder. Sogar Alvarez war erschüttert und das mit Recht; er saß da mit dem Kopf zwischen den Händen.
Mitten in diesem Wirbelsturm der Seligkeit kämpfte ein kleiner Mann darum, gehört zu werden. Seine Stimme war kläglich und leise und der Lärm ohrenbetäubend. Er gestikulierte schwach, aber es schienen mehr Bewegungen der Irritation als irgend etwas anderes. Er erreichte das Geländer über der Menge und bat winkend um Ruhe, wobei seine Bewegungen denen eines Pinguins glichen, der mit seinen kurzen Flügeln schlägt. Es entstand eine kleine Windstille im Gebrüll, nicht mehr, und nun wurde Pater Brown zum ersten Male an die äußerste Grenze seiner Empörung getrieben, deren er seinen Kindern gegenüber fähig war.
»Oh, ihr einfältigen Menschen!«, rief er mit hoher, be-

bender Stimme, »oh, ihr einfältigen, ihr einfältigen Menschen!«
Dann riß er sich, wie es schien, zusammen und machte einen Satz hin zur Treppe und begann nun wiederum in seiner gewohnten Haltung die Stufen hinunterzuhasten.
»Wohin gehen Sie, Vater?« sagte Mendoza mit noch größerer Unterwürfigkeit als gewöhnlich.
»Zum Telegrafenamt!« rief Pater Brown hastig. »Was? Nein, das ist kein Wunder, wieso soll das ein Wunder sein? So billig sind Wunder nicht!«
Und er taumelte die Stufen hinab, während die Leute sich ihm in den Weg warfen und ihn um seinen Segen baten.
»Gott segne dich, Gott segne dich«, sagte Peter Brown hastig. »Gott segne euch und gebe euch Vernunft!«
Er stürzte mit außergewöhnlicher Schnelligkeit zum Telegrafenamt, von wo aus er dem Sekretär seines Bischofs ein Kabel sandte: »Blöde Geschichte hier, angebliches Wunder. Hoffe, Hochwürden autorisiert nichts. Es ist nichts Wahres dran!«
Als er diese Anstrengung hinter sich hatte, reagierte er mit einem leichten Taumel, und John Race bekam ihn am Arm zu fassen.
»Darf ich Sie heimbringen?« sagte er. »Sie verdienen mehr, als diese Leute Ihnen geben können!«

John Race und der Priester saßen im Pfarrhaus zusammen. Auf dem Tisch türmten sich immer noch die Papiere, mit denen sich der letztere am Vortag herumgeschlagen hatte. Die Weinflasche und das leere Glas standen noch immer dort, wo er sie verlassen hatte.
»Und jetzt«, sagte Pater Brown beinahe finster, »kann ich anfangen zu denken.«
»Ich würde jetzt noch nicht so viel nachdenken«, sagte der Amerikaner. »Sie müssen sich doch ausruhen und außerdem, worüber wollen Sie denn nachdenken?«
»Wie das Leben so spielt, hatte ich schon oft die Aufgabe,

einen Mord zu untersuchen«, sagte Pater Brown, »und nun muß ich meine eigene Ermordung untersuchen!«
»Wenn ich Sie wäre«, sagte Race, »würde ich erst einmal einen Schluck Wein zu mir nehmen!«
Pater Brown stand auf und schenkte sich etwas in ein neues Glas ein, erhob es, blickte gedankenvoll ins Leere und setzte es wieder ab. Dann nahm er wieder Platz und sagte:
»Wissen Sie, was ich empfand, als ich starb? Sie werden es nicht glauben, aber ich hatte ein Gefühl von überwältigendem Erstaunen.«
»Nun«, antwortete Race, »ich nehme an, es verblüffte Sie, daß man Ihnen auf den Kopf schlug.«
Pater Brown beugte sich zu ihm hinüber und sagte leise: »Ich war verblüfft, daß man mir nicht auf den Kopf schlug.«
Race betrachtete ihn einen Augenblick als dächte er, dieser Schlag auf den Kopf sei nur zu erfolgreich gewesen, aber er sagte nichts weiter als:
»Wie meinen Sie das?«
»Ich will sagen, daß dieser Mann seine Keule mit einem riesigen Schwung niedersausen ließ, aber kurz vor meinem Kopf haltmachte und diesen nicht einmal berührte. Ebenso tat der andere Kerl so, als stäche er mich mit dem Messer, verursachte mir aber nicht einmal einen Kratzer. Sie haben nur Theater gespielt, glaube ich, dann aber kam das Seltsamste von allem.«
Einen Augenblick betrachtete er gedankenverloren die Papiere auf dem Tisch, dann fuhr er fort:
»Obwohl weder der Prügel noch das Messer mich berührt hatten, fühlte ich, wie die Beine unter mir nachgaben und wie ich mein Leben aushauchte. Da wußte ich, daß mich zwar etwas niedergeschlagen hatte, diese Waffen waren es nicht gewesen. Wissen Sie, was ich glaube, was es war?«
Er wies auf das Weinglas auf dem Tisch.

Race hob das Glas auf, besah es sich und roch daran.
»Ich glaube, Sie haben recht«, sagte er, »ich war früher Drogist und habe Chemie studiert. Ohne Analyse kann ich nichts Genaues sagen, aber ich glaube, in dem Zeug ist etwas Ungewöhnliches enthalten. Es gibt bei den Asiaten Drogen, mit denen man einen zeitlich begrenzten Schlaf hervorrufen kann, der totenähnlich ist.«
»Ganz recht«, sagte der Priester ruhig. »Das ganze Wunder ist aus irgendeinem Grunde arrangiert worden. Die Beerdigungsszene ist inszeniert und zeitlich geplant worden. Ich glaube, das alles gehört zu diesem journalistischen Irrsinn, der von Snaith Besitz ergriffen hat. Obwohl ich kaum glaube, daß er deswegen so weit gehen würde. Immerhin sind es zwei Paar Schuhe, ob einer einen Popanz aus mir macht, um mich als eine Imitation von Sherlock Holmes hinzustellen, oder . . .«
Noch während der Priester sprach, veränderte sich sein Gesicht. Seine blinzelnden Augen schlossen sich plötzlich, und er erhob sich, als würge ihn etwas. Er streckte eine suchende Hand aus, als müsse er seinen Weg zur Tür ertasten.
»Wo gehn Sie hin?« fragte sein Gesprächspartner, einigermaßen überrascht.
»Wenn Sie mich fragen«, sagte Pater Brown, der ziemlich blaß geworden war, »ich wollte gehen und beten, oder besser, lobpreisen.«
»Ich weiß nicht, ob ich Sie recht verstehe. Was ist denn los mit Ihnen?«
»Ich wollte Gott dafür lobpreisen, daß er mich so seltsam und unerwartet gerettet hat – um Haaresbreite gerettet!«
»Aber natürlich«, sagte Race, »ich habe zwar eine andere Religion, aber glauben Sie mir, ich bin religiös genug, um das zu verstehen. Natürlich muß man Gott dafür danken, wenn er einen vor dem Tod bewahrt hat.«
»Nein, nicht vor dem Tod, vor der Schande!«
Der andere saß da und machte große Augen. Die näch-

sten Worte brachen aus dem Priester hervor wie ein Aufschrei.
»Wenn es dabei nur um meine Schande gegangen wäre! Aber es ging um die Beschimpfung von all dem, für das ich stehe. Die Verunglimpfung des Glaubens, die sie versucht haben, in die Wege zu leiten. Was hätte daraus werden können! Der gigantischste und entsetzlichste Skandal, der jemals gegen uns lanciert worden ist, seit die letzte Lüge in der Kehle von Titus Oates abgewürgt wurde!«
»Von was in aller Welt sprechen Sie eigentlich?« fragte ihn sein Gesprächspartner.
»Nun, am besten erkläre ich es Ihnen sofort!« sagte der Priester und setzte sich. Nachdem er nun wieder etwas ruhiger war, fuhr er fort: »Es traf mich wie ein erleuchtender Blitz, als ich zufällig Snaith und Sherlock Holmes erwähnte. Nun entsinne ich mich auch, was ich zu diesem absurden Plan geschrieben habe. Es war ganz natürlich, das zu schreiben, und dennoch glaube ich jetzt, daß sie mich trickreich dazu gebracht haben, jene Worte zu schreiben. Sie lauteten etwa so: ›Ich bin bereit, zu sterben und wieder aufzustehen wie Sherlock Holmes, wenn's so am besten ist.‹ Und jetzt, wo mir das einfällt, sehe ich auch, daß sie mich dazu gebracht haben, alle möglichen, ähnlichen Dinge dieser Art aufzuschreiben, die alle in dieselbe Richtung weisen sollen. Ich schrieb, wie man einem Komplizen schreibt, und erklärte, ich werde den narkotisierenden Wein zu einer bestimmten Zeit trinken. Verstehen Sie nun?«
Race sprang auf die Füße, die Augen immer noch starr.
»Ja«, sagte er, »ich glaube, ich fange an zu begreifen.«
»Diese Leute hätten das Wunder erst richtig aufgeblasen und dann hätten dieselben Leute die ganze Sache zum Platzen gebracht. Und, was schlimmer ist, hinterher hätten sie bewiesen, daß *ich* an der Verschwörung beteiligt war. Es wäre *unser* falsches Wunder gewesen. Das ist

alles, aber das reicht, um der Hölle näher zu kommen, als Sie und ich es hoffentlich jemals sein werden.« Dann, nach einer Pause, fuhr er mit milderer Stimme fort. »Natürlich hätten sie eine ganz schöne Auflage mit mir erzielt!«
Race blickte auf den Tisch und sagte düster:
»Wie viele dieser Unmenschen waren darin verwickelt?«
Pater Brown schüttelte den Kopf. »Mehr als ich eigentlich wissen möchte«, sagte er, »aber ich hoffe, daß einige nur als Handlanger gedient haben. Alvarez hatte vielleicht geglaubt, im Krieg sei alles erlaubt; er hat einen krausen Sinn. Leider fürchte ich, daß Mendoza ein alter Heuchler ist. Hab' ihm nie getraut, und er haßte, was ich im industriellen Bereich unternahm. Aber all das hat Zeit. Ich habe nun nichts weiter zu tun, als Gott zu danken, daß ich davongekommen bin. Und vor allem, daß ich sogleich dem Bischof telegrafierte.«
John Race schien sehr nachdenklich.
»Sie haben mir vieles gesagt, was ich nicht wußte«, sagte er endlich, »und es drängt mich, Ihnen das einzige mitzuteilen, was Sie nicht wissen. Ich kann mir schon denken, womit diese Kerle gerechnet hatten. Sie nahmen an, daß jeder Mensch auf dieser Welt, der in einem Sarg aufwacht und feststellt, daß er wie ein Heiliger kanonisiert worden ist, und daß man aus ihm ein wandelndes Wunder gemacht hat, das jeder bestaunen muß, von der Woge seiner Anbeter mitgerissen, die Strahlenkrone akzeptieren würde, die für ihn aus den Wolken gefallen ist. Ich glaube nun, daß ihre Berechnungen, von der praktischen Psychologie her gesehen, gar nicht so schlecht waren. So ist der Mensch nun einmal. Ich habe alle Arten von Menschen an allen möglichen Orten kennengelernt und ich sage es Ihnen frei heraus: Ich glaube, es gibt keinen unter tausend, der so wie Sie hätte erwachen können, mit all seinem Grips beisammen und, während er praktisch noch im Traum sprach, die Vernunft, die Schlichtheit, die Demut gehabt hätte ...«

Er war ziemlich verblüfft über die Rührung, die er empfand; seine feste Stimme bebte.

Pater Brown starrte zerstreut und etwas angeschlagen auf die Flasche vor sich. »Wissen Sie was?« sagte er, »wie wär's mit einer Flasche richtigem Wein?«

Inhalt

Der Fluch des goldenen Kreuzes   5
Das Auge des Apoll 40
Das Verhängnis der Darnaways 61
Der Pfeil vom Himmel 94
Der Dorfvampir 127
Pater Browns Auferstehung 152

Agatha Christie

Agatha Mary Clarissa Miller, geboren am 15. September 1890 in Torquay, Devonshire, sollte nach dem Wunsch der Mutter Sängerin werden. 1914 heiratete sie Colonel Archibald Christie und arbeitete während des Krieges als Schwester in einem Lazarett. Hier entstand ihr erster Kriminalroman *Das fehlende Glied in der Kette*. Eine beträchtliche Menge Arsen war aus dem Giftschrank verschwunden – und die junge Agatha spann den Fall aus. Sie fand das unverwechselbare Christie-Krimi-Ambiente.
Gleich in ihrem ersten Werk taucht auch der belgische Detektiv mit den berühmten »kleinen grauen Zellen« auf: Hercule Poirot, der ebenso unsterblich werden sollte wie sein weibliches Pendant, die reizend altjüngferliche, jedoch scharf kombinierende Miss Marple (*Mord im Pfarrhaus*).
Im Lauf ihres Lebens schrieb die »Queen of Crime« 67 Kriminalromane, unzählige Kurzgeschichten, 7 Theaterstücke (darunter *Die Mausefalle*) und ihre Autobiographie.
1956 wurde Agatha Christie mit dem »Order of the British Empire« ausgezeichnet und damit zur »Dame Agatha«. Sie starb am 12. Januar 1976 in Wallingford bei Oxford.

Von Agatha Christie sind erschienen:

Das Agatha Christie Lesebuch
Alter schützt vor Scharfsinn nicht
Auch Pünktlichkeit kann töten
Auf doppelter Spur
Der ballspielende Hund
Bertrams Hotel
Der blaue Express
Blausäure
Das Böse unter der Sonne
   oder Rätsel um Arlena
Die Büchse der Pandora
Der Dienstagabend-Klub
Ein diplomatischer Zwischenfall
Elefanten vergessen nicht
Die ersten Arbeiten des Herkules
Das Eulenhaus

Das fahle Pferd
Fata Morgana
Das fehlende Glied in der Kette
Feuerprobe der Unschuld
Ein gefährlicher Gegner
Das Geheimnis der Goldmine
Das Geheimnis der
 Schnallenschuhe
Die großen Vier
Hercule Poirot's größte Trümpfe
Hercule Poirot schläft nie
Hercule Poirot's Weihnachten
Karibische Affaire
Die Katze im Taubenschlag
Die Kleptomanin
Das krumme Haus
Kurz vor Mitternacht
Lauter reizende alte Damen
Der letzte Joker
Die letzten Arbeiten des
 Herkules
Der Mann im braunen Anzug
Die Mausefalle und andere Fallen
Die Memoiren des Grafen
Mit offenen Karten
Mörderblumen
Mördergarn
Die Mörder-Maschen
Mord im Spiegel oder
 Dummheit ist gefährlich

Mord in Mesopotamien
Mord nach Maß
Ein Mord wird angekündigt
Die Morde des Herrn ABC
Morphium
Poirot rechnet ab
Rächende Geister
Rotkäppchen und der böse Wolf
Ruhe unsanft
Die Schattenhand
Das Schicksal in Person
Schneewittchen-Party
Der seltsame Mr. Quin
Sie kamen nach Bagdad
Das Sterben in Wychwood
Der Tod auf dem Nil
Der Tod wartet
Der Todeswirbel
Die Tote in der Bibliothek
Der Unfall und andere Fälle
Der unheimliche Weg
Das unvollendete Bildnis
Die vergeßliche Mörderin
Vier Frauen und ein Mord
Vorhang
Der Wachsblumenstrauß
Wiedersehen mit Mrs. Oliver
Zehn kleine Negerlein
Zeugin der Anklage
16 Uhr 50 ab Paddington

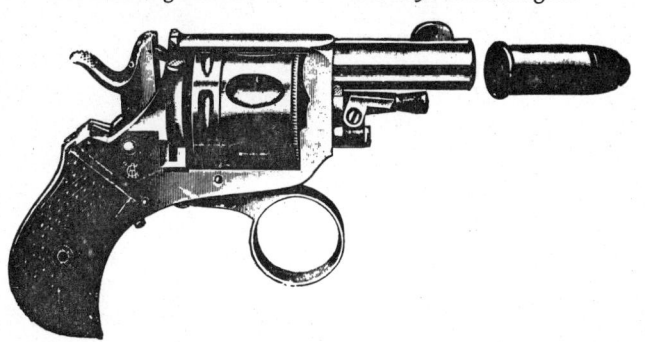

Spannungsvoll, vielschichtig und subtil – der neue grosse Roman von Edda Rönckendorff

280 Seiten / Leinen

Eindrucksvoll schildert dieser Roman einer Familie, wie sich die Kinder aus verschiedenen Ehen eines berühmten Schauspielers nach dessen Tod mit dem Vaterbild, ihrer Beziehung untereinander und ihrem eigenen Schicksal auseinandersetzen.

Wie in «Die Enkelin» beweist die Autorin auch hier ihre grosse Begabung für das Durchleuchten nichtalltäglicher Beziehungen, und souverän fügt sie die Stücke eines schillernden Menschen-Puzzles zu einem überzeugenden Ganzen zusammen.